大陸の細道

ShoHei
Kiyama

JN097602

木山捷平

P+D
BOOKS
小学館

目次

第一章　海の細道

「満洲には、永住なさるおつもりですか」

正介はこういう質問を、二三の人から受けたのを思い出した。

そこの勾配のある五つ角の道で、つるつるした氷が、道に張っていた。氷の上を人や馬車が行き交う。それで氷はつるつるに磨かれ、下手な歩き方をすれば、すぐにころんでしまう。厳寒のさなかに、はるばる日本からやって来た正介は、危い足どりで、氷の上を渡りながら、ふとこの質問を思いおこした。

「そんなことが、わかるか」

正介はひとりでつぶやいた。

「おれが、仮りに明日か明後日、死んでしまえば、それこそ永住というもんだ。先のことが、誰にわかるか」

正介はへんに昂奮した気持で、氷の上をわたった。

正介はかなり健康を害していた。肺病というのか、肋膜というのか、インフルエンザというのか、夜ねるとひどい咳が出た。それなのに正介はこれから、或るホテルの地下室に、酒をのみに行こうとしているのだ。


去年の、と言っても日数にすれば僅かばかり前、十二月もおしせまって、正介は新京《しんきよう》に到着した。某農地公社の弘報の嘱託として赴任して来たのだ。新京駅に下車した時、

『木川さん』

こう書いた紙の幟《のぼり》が、駅の出口の人込みの中に、ぬきんでるように先ず正介の瞳を射た。瞬間、正介は県知事か誰かの着任の場合を連想し、まんざらでもない気持になって、鼻をうごめかした。

が、正介は左手にトランクを提げ、右手にボストンを持ち、肩には一升瓶を押し込んだズックのカバンを掛けていた。そんな姿で正介はしばらく降車客の列に加わり、三等の赤切符を内《ない》証《しよ》のように集札係の手にねじこむようにして、いち早く改札口を出ると、

「三島君でしょうか。ぼく、木川です」

紙幟を持っている太った男の前に近づき、体をかがめるようにして言った。

「いや、三島はいま内地に出張中でして、それで僕が、代理で来ました。どうも遠い所を御苦労様でした」

太った男は吃《ども》るように言って、『木川さん』と書いた紙の幟を、両手の中にくちゃくちゃに丸め、ぽんと其処《そこ》へ放り投げそうにしたが、危機一髪、思い直してポケットにしまい、「さ、参りましょう。宿はとってありますから」と正介の荷物をかかえた。

「はあ。実は、村田にも釜山から電報を打っておいたのですが」

正介は、あたりの人込みをさぐるようにした。

「村田さんは多分来られんでしょう。あそこは郊外だから電報がおくれるんです。僕の社にさえ、さっきやっと間に合ったほどですから」

太った男は、それでもあたりをちょっと物色する様子を見せたが、「さ、参りましょう。あとで連絡をつけますから」

そう言ってすたすた歩き出した。

あとについて行きながら、正介はマラソンでもしているように、胸が喘《あえ》いだ。寒さを警戒して、正介は頭には防空頭巾をかぶり、肌には三枚もシャツを着込み、足には靴下を四枚もはいていた。それが五体をしめつけるようで汗が体ににじみ出た。そのくせ、腰の下の方や顔の表皮に、何とも言えない冷い風が、つき刺すように当った。太った男が歩くようにマラソン風に歩かなければ、足の裏がすぐ地面に凍りついて離れなくなってしまうかも知れなかった。そう言えば、駅の出口あたりに群がっている民衆も、一人のこらず足踏をしていたようであった。正介は初めての満洲の寒さを実地に体験しながら、ひたすらこの太った男ひとりを頼りにして従《つ》いて行った。

が、ふと太った男が一寸たち止まって、荷物を持ちかえた時に訊ねた。

「これで、温度は、何度くらいなのでしょう」

「氷点下二十度位です。今日は陽が照っているから、暖い方です」

「こんな道のほとりに防空壕が掘ってありますが、空襲があったら、みんな此処《ここ》へ入るのですか」

「いやあ。こんな穴に入ったら、三十分とはたたぬうちに、死んでしまいますよ」

宿につくと、正介は二階の一室につれて行かれた。六畳の部屋で、床の間には卓上電話もおいてあった。二重になったガラス窓の際には、スチームの設備も見えたが、スチームは通っていなかった。

「僕、弘報の千馬です。どうぞよろしく」

太った男は、正介の荷物を室の隅に片寄せると、公社の肩書入りの名刺を出して、自己紹介した。吃るように言う癖はぬけなかったが、その舌足らずの言い方に、正介は人なつこい好意を感じた。

「あなたのお国はどちらです?」

「土佐です。上林 暁《かんばやしあかつき》氏と同郷です」

「ほう。上林氏をごぞんじですか」

「いや、顔は知りませんが、書かれた作品は愛読しております」

「ああそうですか」正介は千馬の顔をじっと眺めて、なるほど千馬の顔には上林と同じ地方色があるように思いながら、

「実は、僕は先日上林君と将棋をやって別れて来ました。結果は一勝一敗でしたがね。というのも第三回目の決勝戦の最中、空襲サイレンが鳴って、途中やめになったままになっているんです。あなたは将棋はやりませんか」

「駄目です。出征中に少しは覚えましたが、今は駒の動かし方も忘れてしまいました」

「出征って」と正介は話をかわした。「どの方面に行って来られました?」

「方々です」と千馬は答えた。「中支から北支、それから満洲と前後七年半も引きずり廻されましたよ。やっと召集解除になって、やれやれと一息ついていると、また赤紙が追っかけてくるんですから、たまったものではありません。前後三回も召集をくらって、貴重な青春を台な

しにしてしまいましたよ。僕が満洲くんだりに来るようになったのも、結局はそのせいなんですが」

千馬は憤怒と自嘲をちゃんぽんにしたように言った。聞きながら正介は、まだ一度も召集をうけたこともない自分が申訳ないような気がしたが、満洲くんだりまで落ちて来た運命は同然だったので、

「で、結局、満洲というところは、人生の落伍者が来る所でしょうかね」

と改まった気持で訊いて見た。客観的に訊いたつもりだったが、客観的になればなるほど、語調が皮肉に響いたらしく、

「いや、いや」と千馬は周章《あわ》てて縮毛が伸びた頭髪を太い指でがりがり掻きながら、

「木川さんなんか、そりゃ別ですがね」と前言を取り消すように、言って笑った。

「いや、別ではないでしょう、ちっとも」

と正介も笑った。別でなんかある筈は、毛頭なかった。正介の胸の中をすうと寂しいものが、一条の飛行雲のように通り過ぎた。

そういう時の癖で、すぐ一杯やりたくなる正介は、

「千馬君は、将棋の方は駄目だと、さっき言いましたが、酒の方はいかがですか」

ときくと、

「酒ですか。酒の方なら若干やります」

千馬はにこにこしながら答えた。

正介は坐ったまま手をのばし、室の一隅に片寄せてあるズックのカバンの紐を引張り、中から一升瓶をとり出して卓の上におき、先程女中がおいて行った湯呑茶碗になみなみと注いだ。燗をすればよいと思わないではなかったが、女中に頼んで断られるのは興覚めというもので、それに時間がかかるのはこの際いやだった。帳場で手数料として二三合もかすり取られるのは、尚更《なおさら》いやなことだった。

「これは僕の郷里の酒です。僕の友人が餞別にくれたのです。どうぞ――」

「は、頂きます。それにしても、よく満洲まで持って来られましたねえ」

千馬はこう言うと、茶碗の酒をぐっと一息に呑みおろした。こくっと、咽喉が一つ鳴っただけであった。

正介は瞬間呆気にとられた。が、満洲の気候では、こういう飲み方をせんと、酒は効果的にまわらんだろうと思って、彼もぐっと一息にのみおろした。すると、こくりと咽喉が一つ鳴った。

「へへえ」

正介はその時、なんということなしに、そんな気がした。

警戒警報下の岡山駅は闇のように暗かった。

正介はいくらか地理は心得ている、その闇のプラットホームを、まるで脱走犯人か何かのように、改札口めがけて走った。もっとも身体は矮小《わいしょう》で足の虚弱な正介のことであるから、実際は人の半分の速力も出なかったに違いなかったが、彼は無我夢中で走ったのである。

「おい、おい。ここじゃ、ここじゃ」

改札口の向うの闇の中から、背の高い栗原が鬼ごっこの相手を逆に教えでもするように声をかけかけ出て来た。

「やあ、すまなかったなあ。ずいぶん寒い目をくっただろう」正介は胸を患ったことのある人一倍寒がり屋の栗原に、ほんとにすまない気がした。

「うん」と栗原は素直にうなずいて、「そら、約束のものを持って来たぜ」

と外套の下から新聞紙にくるんだ一升瓶を取り出して、正介に渡した。

「ありがとう。無理、言ったね。この際だから瓶ごと貰っとくぜ。瓶の方が貴重品かも知れないが」

「いいよ、いいよ。そんなことより、そら、早く行かんと、汽車が出ちゃうぜ」

「うん、いいよ。そりゃそうと君、僕のここに穴あいてないかね」

正介は気がせきながらも、改札口の天井の防空カバーの下から僅かな光線を投げている電燈の方に背をむけ、こめかみから首の方を手で押えながら訊いた。

「何言ってるの。穴なんか何もないじゃないの。それより、そら、早く行かんと汽車が出ちゃうぜ」

栗原は万事スローモーションの正介をせきたてた。

座席にもどると、汽車はすぐ出た。

正介はやや気持がおちついて来ると、足や手や腰が痛んで、頭ががんがん鳴っているのを感じた。正介は外套をぬいで、足や手や腰を順々にさわって見た。別に穴はあいていないようであった。それでも正介は、よく鋭利な剃刀などで指を切った時、最初は何でもなさそうに思われながら、若干時間が経ってから血がぷっとふき出す時の経験を思い浮べた。正介はがんがん鳴っている頭や首に手をやって、穴はあいていないかを調べた。やはり穴はあいていないようであった。

正介の乗った汽車は、東京を定時に出発したのであったが、途中、名古屋あたりでB29の編隊に襲われたり、一つ前を行く列車が米原付近で故障をおこしたり、明石以西では何の理由か幾度も田圃の中に不時停車したり、その結果、時間がひどく遅延したのであった。正介は気が気ではなかった。

「栗原は待ってくれているかしら」

正介はいらいらした気持で、栗原の痩身を思い浮べた。

一と月ばかり前、正介は郷里へ別れを告げに帰った足で栗原を訪ねた時、腺病質な栗原はもう炬燵《こたつ》に寝ていたほどであったが、あの病弱で、夜中の十二時から午前二時まで二時間も寒い夜風にさらすのは、自分が十五も年長者であるだけに、余計に酷のように思われた。酒をもらう約束だって、自分の方から強制したのも同然であった。それを思うと、恥かしい気がした。併《しか》し約束は約束、酒はどうしても欲しいので、彼は満員の乗客をわけわけ、デッキに出て、僅かな停車時間を利用して一升瓶を受取るべく、待ちかまえていた。

するとその時、

「このバカ野郎」

なんでもそんな風に怒鳴る駅員の叫び声が、耳をつんざくように聞えた。気がついてみると、正介は駅のプラットホームに、もんどり打ってひっくりかえっていたのであった。つまり彼は焦躁のあまり、まだ進行中の列車が既に停車したものと思い違いをし、急いで下にとびおりたのであった。

気がついた瞬間、正介の頭の上を、今正介が乗っていた列車が、ゆらゆら二三両通りすぎた。と、その時、いま、バカ野郎と叫んだ駅員が、手に持ったカンテラをこちらに向けて暗いホームをこちらに駈け出したので、正介は夢中でがばっとはね起き、脱走犯人か何かのように、改札口目がけて走り出したという次第であった。

「それにしても、まあよく、あんなに上手にころげたもんだ」

正介は自分の体を自分で点検し、怪我のないのを自覚すると、そう思わないではいられなかった。

なぜなら、どこの駅でもそうだが、駅のホームには凡そ二間位の間隔をおいて、鉄柱が立っているからであった。もしも正介がもう一秒早いか遅いか、デッキからとびおりていたならば、正介はあの鉄柱に頭をぶっつけていたのに違いなかった。

正介は十年ばかり前、馬橋《まばし》に住んでいた頃、家の前で鉄道自殺をした男のことを思い出した。その男は飛び込みがうまく行かないで、汽車の金具にはねられ、正介の家の玄関にころげ落ちて来たのであったが、頭に大きな穴があき、担架で病院に運ばれて行った。紙一重の差であの男のようにならなかった自分の幸運に思いいたると、正介はかえって全身がぞっとするような恐怖を覚えた。

「やはり、運命というものでしょうかね。僕が人生の落伍者となって満洲までやって来たのもそういう幸運で、僕はこの一升瓶もはるばる満洲まで持って来られたわけですが、もしもその時僕の頭に大穴があいていたら、僕はいまごろは、岡山の病院でうんうん唸っていたところでしようなあ」

「しかし、そう言っては裏返しになるかも知れませんが、それもつまり木川さんが渡満にあたって、その時厄払いをなさったのだ、という解釈はできませんでしょうか」

「ははあ、厄払いですか、あなたはうまいことを言いますなあ。実は僕は来年四十二歳になるので、最近何となく迷信かつぎになっているんですよ」

正介は洋服の内ポケットをさぐって、東京にのこしてきた細君が手製でこしらえてくれたお守袋をとり出して、千馬に示し、

「だから、出征でもないのに、こんなものを肌身につけて、やって来たんですよ。正直に告白しますが、僕は飛行機の空襲もこわいし、魚雷や機雷もこわい方ですから」

「それは大きな声では言えませんが、誰だってこわいですよ。僕も出征する時にはお守袋を持って出かけましたよ。袋の中には、処女の陰毛を三本もっていると戦死しないというので、ちゃんと三本入れていきましたよ。もっとも帰りには、照れくさくなって、玄海灘の船の上から風に吹きとばしてやりましたけれど」

「ほ、ほう。それはまた初耳です。で、その陰毛というのは、一人のを三本ですか、それとも三人のを一本ずつ三本ですか」

「三人のを一本ずつ三本です」

「それは骨が折れますなあ。どんな風にして手に入れるんですか」

「それはわけないです。いざそういう場合に際会すると、日本の女は誰でも呉《く》れるもんです」

「ほ、ほう。僕のこの袋の中には浅草の観音様のと僕の郷里の氏神様のと、二つ入っております。あんまり色気はありませんが、しかし僕は今言った岡山駅での命拾い以来、何だかこのお守りが僕を守ってくれたような気がして、このお守りを大切にしようという気が動いているんです」


一升瓶がカラになると、明日は十時に迎えにくるからと言いのこして、千馬は帰って行った。正介は女中がはこんで来た夕食をたべ、風呂があるかときくと、風呂釜がもう三ヶ月も壊れたまま修理ができないからないと言うことだった。

すぐ寝床を敷かせた。敷蒲団が一枚と掛蒲団が二枚、蒲団の襟がよごれているのが目だったが、もぐり込んで目をとじた。

間もなく床の間の電話のベルが鳴ったので、起きあがって受話器をとると、

「ぼく、千馬です。さきほどは、失礼しました」と相手が言った。「今、村田さんのところの呼び出し電話がやっと分りまして、かけたんですがね、村田さんは三江省の鶴立に行ってまだ帰っていないそうです。正月には帰るとハガキが来ているそうですが」

「ああ、そうですか。どうもありがとう」正介はお礼を言って電話をきった。

しかし、正介はひどくがっかりした気持だった。課長の三島は、千馬の話によると、約一ヶ月の予定で正介とすれ違いに東京へ出張したというし、村田は村田で不在という。カラになったものは仕方がないが、正介が重たい一升瓶を肩にかついで、わざわざ日本から持って来たのも、本当のところはこの旧友の村田と久しぶりに一杯やりたいというのが、第一の希望であったのである。

「それというのも、万事はお前が愚図愚図しているからさ」

正介は、自分で自分を叱るように言った。

では、その愚図愚図について、すこし説明することにしよう。

『今度こちらにM農地開発公社というのが出来て、そこの弘報課で内地の文筆人を一人求めている。弘報課長は三島信というぼくらより三つ四つ若い男で、ぼくは昨夜が初対面だったが、信用のおけるスケールの大きな人物という印象をうけた。君の名を挙げて、どうかと言ったら、三島氏は君の名を知っていてウンと大きく頷いた。待遇は課長に準じ住宅も提供してくれるそうだ。どうかね、みこしをあげてやって来る気はおきないか。東京で言論の圧迫に喘いだり、防空演習隣組で腹をたてたりしているより、満洲旅行のつもりでやって来ないか。仕事は別に強制しないそうだ。いればよいのだそうだ。併しこういう社会の慣例で、カタチだけでも履歴書を出してくれとのことだから、気が向いたら小生あてに至急送ってくれ』

こういう文面の手紙を村田からもらったのは、その年（昭和十九年）の桜の花の咲きそめた頃であった。正介の心は少し動いた。

けれども進取の気象に乏しい正介は、すぐに決心がつくでもなく、四五日過ぎてから、

『行ってもいいような気がする。が、自分は神経痛という痼疾《こしつ》があるのが気がかりだ』

という風な全く不得要領な返事を出しただけであった。

或る日、正介は新宿駅の地下道で、或る先輩作家の佐瀬氏に出会った。久し振りだったので、久潤の挨拶をのべ、

「佐瀬さん、僕、ひょっとしたらしばらくの間、満洲へ行って来るかも知れません」

ことの次第をかいつまんで伝えると、

「へえ、満洲へ」と佐瀬氏は呆れたような顔をした。

「はあ、どうもこの時勢では原稿は書けず、書いても僕のものなんか金にはならないし、いま決心をきめつつある所なんです」

と、本当は行きたくないような顔をしてみせると、

「まあ、それもいいでしょうが」佐瀬氏は暫く考えてから「どうですか。この際勇を鼓して、報道班員になって見る気はありませんか」

佐瀬氏が正介のみすぼらしい恰好を見ながら言った。そして報道班員になれば留守宅手当が貰えるし、原稿を書けば原稿料が入ることだし、とつけ加えた。

「はあ、しかし僕は腰に神経痛があるもんですから、とても行軍なんかには、ついていけないと思うんですが」

「海軍だったらいいでしょう。海軍は軍艦だから、乗ってさえいればいいですよ。もし気が向きましたら、いつでも紹介してあげますよ」

「はあ、ありがとうございます。船は船で、僕は船酔いするかも知れませんが、少し考えさせて下さい」

正介は佐瀬氏と別れた。

しかし正介はワタリをつけてまで報道班員になる気はなかった。南太平洋の戦局は日に日に苛烈を加え、人々の心は草木が風に靡《なび》くように南方へ向いていた。帰還した報道班員は、曰《いわ》く陸軍何々の会、曰く海軍何々の会と言った風に会を作り、高級将校と談論風発しながら大酒をのむ気風もできていた。

が、家に戻ると、正介の家にも二合の配給酒がきていて、正介は気ばらしに一杯やることにした。が、二杯三杯のんでも気分ははれなかった。

「チエッ」

正介は文士の貞操を思い、歯ぎしりした。併し待て、正介自身の貞操は、正介自身が美人でないためであって、何時如何なる誘惑で相手にしなだれかかるか、底は知れたもんではなかった。

「チエッ」

正介は畳の上に唾を吐きかけた。女房がわあわあ喚《わめ》きながら、雑巾でふいた。

ある日、村田から往復二十日はかかる通信の三度目か四度目の郵便がとどいた。太平洋戦争の天王山と言われたサイパンが陥落した後のことで、東京にも空襲は必至だと、正介の女房は子供をつれて田舎へ疎開の準備に行って留守だった。正介は近くの国民酒場で、三時間も待って、一本二円のビールを飲んで帰ると、意を決して履歴書を書いた。が、

本籍、

現住所、

と、これだけ書くと、もう書く気がしなくなった。おかしな履歴書もあるもんで、紙は美濃紙も半紙もないので、原稿用紙をつかい、筆も硯もないので、先のちびた万年筆で名前と生年月日を書きなぐった。下手な字が一層下手になり、

右の通り相違無之候。

机の引出から輪郭のとれた黄楊《つげ》判をとり出し、ぼっと息をはきかけ、名前の下に押した。

すると、嫌で嫌でたまらぬ気持が胸にこみあげた。

正介はこんな嫌な気持のする履歴書を一刻も自分の身辺においておくのは自分が汚れるような気がして、大急ぎでポストへ投函しに出掛けた。そしてあとは忘れることにした。

ところが十月も中旬になって、

「拝啓、時下秋冷ノ候貴殿益々御清適ノ段奉賀候。却説陳者本社々員三島信ノ推薦ニヨリ貴殿ヲ本社嘱託トシテ招聘ノ件決定致候。就テハ左記要項御承諾ノ上本社東京出張所ニ御出頭万々御打合セノ上至急御来満相成度候」

こんなタイプライターの手紙が届いた。

翌々日頃、村田から手紙が届いた。

「就職決定、オメデトウ。三島君モ此度ハ大奮闘ヲシタ由。条件ハドコへ出シテモ遜色ハナキ由。貴君ハ三島君ガ東京時代ニ師事シタ人ト言ウコトニナッテイル由。コノ点オ含ミアリタシトノコト」

数日すぎてから正介は、丸ノ内の東京出張所へ赴任旅費を受取りに出掛けた。しかし正介はそれでもまだ飛んで満洲へ行く気にはなれなかった。近来にない大金を懐《ふところ》にした正介は、その足で近くの交通公社の知人を訪ね、正介の郷里行きの切符を依頼した。正介は故郷の生家で一人ぐらしをしている老母にあって最後のハラをきめようと思ったのであった。

「それは、ひきうけます。もっとも、今日の今日って無理ですけど、二、三日の中には都合をつけます」と知人はすぐ承諾してくれた。「しかし満洲行きの方はどうですかなあ。そう言っちゃ悪いけれど、いまどき満洲へゆくのは時代錯誤とちがいますか」

「ええ。そんな点もありますね」

「失礼ですけれど、就職のことでしたら、僕が東京でできるだけのことはさせて頂きますよ」

「はあ」

「何しろ向うは寒いですよ。僕は中学時代に二年ばかり朝鮮の平壌にいましたが、あそこでさえ冬は寒くて寒くて、やりきれなかった程ですから」

「そうでしょうなあ」

正介は故郷に帰って行った。故郷の生家には老母がひとり家を守りながら、五畝百姓をしていた。面積はわずかで、宮様の家庭菜園に遠く及ばなくても、それが老母の職業であった。ちょっと東京における正介の著述業と似た傾向があった。それでと言うわけもあるまいが、老母は正介の突然の帰郷をたいへん喜んで、

「それじゃあ、お前も、明日は藷《いも》の供出を手伝ってくれ」と加勢を求めた。なかなかのっぴきならぬ命令的な語調であった。

で、明くる朝、正介は老母と一緒にさつま藷を古俵に詰め込み、秤《はかり》でもって目方をはかった

りした。据置式のカンカン秤がないから、棹秤《さお》を二人の肩と肩との間に天びん棒でぶらさげ、旧式な方法で目方を計るのである。なるほど老母が昨夜から何度もこぼしたとおり、一人でやれる作業ではなかった。それが二人でやれば案外簡単に片付くので、

「町のもんに、うんとこさ食わしてやれ。そら、そら、もう一つ」

と老母ははしゃいで、規定の目方よりも一貫匁も余分に薯のサービスをしたりした。

次は俵を縄でしばる作業だった。これも一人でやれば骨が折れる。老母が俵の向うがわになり、正介がこっち側になり、縄をひっ張って俵を足で蹴った。

タッ、タッ、タッ、

口拍子はうまくとれたが、俵は一向にしまらなかった。ばかりか、正介は俵を蹴りすぎて、神経痛をおこした。

「イタッ、イタッ、タ」

正介は悲鳴をあげて、腰をおさえた。

正介はいい年をからげて、生みの老母に慰めの言葉をかけて貰いたいような気がした。が、老母はかけてくれなかった。そのかわり、

「もうええ。お前はあっちへ行って、煙草でも吸うとれ。なんぼなんでも、下駄ばきで、俵がしまるか」

呆れ果てたような口振りで言った。

ぐさぐさながら、やっとのことで薯俵が一俵出来上ると、老母はそれをリヤカーに積んで村役場の隣の農業会へ供出に出かけた。往復一里半はたっぷりある。地下足袋に、モンペ姿の、姉《あね》さん冠《かぶ》り。正介は煙草をすいながら、その後姿を眺めた。

明くる日は八幡巡りだった。部落のものが近在近郷の八幡八社に出征軍人の無事帰還を祈願する行事で、出征家族のあるものは受身だから、さぼるわけにはいかなかった。

「よし、それはわしが行ってあげよう」

これも孝行の一つだと思って正介がひきうけると、

「おお、行ってくれるか。行って呉れ。わしは大の男について歩くと、胸がしんどうて今にも息がきれそうになるんじゃ」

老母はそう言って、銀シャリの弁当を焚いてくれた。正介は弁当を背中にくくりつけ、小学生の遠足のように出かけた。部落の老男老女にまじって、秋の野を行く気分はなかなか悪くなかったが、八社のうち三社ばかり巡った時、急に神経痛が痛み始めた。とうとう脱落ときまって、最後は乗り物で帰る醜態をさらした。

明くる日、正介は一日五右衛門風呂の風呂焚きをして過した。釜の中に藷蔓を詰め込んで、ぐらぐら煮るのである。しかし余り煮過ぎてはいけない。潮時を見はからって、さっと要領よく引き揚げなければならない。そしてそれを、さっと太陽熱で乾かすのである。口で言えば簡単だが、正介と老母は失敗ばかり繰り返した。挙句の果て、二人とも手に火傷を負って、正介は癇癪をおこした。

「いったい、こんな馬鹿な真似を誰がせいと言ったんじゃ」と老母にむかって当りちらした。

「そりゃ、お上《かみ》じゃ。わしに責任があるか」

「どこの家でもするのか、畑を一坪も作っとらん非農家は、どうするのか」

「畑を一坪も作っとらん非農家は、よその藷蔓を貰うてつくるんじゃ。藷蔓の供出は、のべたら主義の平等できとるんじゃ」

「阿呆めが。家族が十人居る家も、婆さんが一人居る家も同じに来とるのか」

「それい。それがお上の命令じゃ」

「こんな人間の足の裏や尻の穴でよごれた風呂釜で煮しめた藷蔓を誰が食うのか。馬か、兵隊か、将校か」

「そんなことをわしが知るか」

「知らんことはせんでもええのじゃ。さあもう止めとこう。七十になるお婆さんに、こんな汚い使役をさせて戦争に勝てるか」

「こら、非国民なことを言うたら巡査にしばられるど。もうええ。お前はあっちに行っとれ。

あっちに行って黙って、煙草でも吹かしとれ」

かと言って、あっちで煙草ばかり吹かしとるわけにもいかず、正介は越後からたのまれて来た三助のような気持で、まる四日間も、風呂焚きをして暮した。目に煙がしみ、トラホームのように目やにがだらだら流れた。

「次はいなごじゃ。いなごをとってくれ」

老母が言った。

「…………」

「いなごの次はよもぎじゃ」

「…………」

正介は仕様ことなしに、目やにをだらだら流しながら、いなごをとったり、よもぎを取ったりして暮した。それでまたまた一週間空費して、やっとのことで、いいいなごもよいよもぎもすんだと思ったら、

「次は割木を割ってくれ」と老母が言い出した。

「割木も供出か」

「それい、供出にきまっとら。うちには四十三把も割当が来とるんじゃ」

正介はどうにもこうにももう我慢が出来なくなった。腹わたが煮えくりかえって、疼《うず》いた。

諸蔓やいなごやよもぎは、老母との共同作業でノルマはとにもかくにも完了したが、割木となると本職の木挽《こび》きでさえ一升飯を食わなければやれぬというほどの重労働であるから、聞いただけでも目がくらくらと舞った。老母は老母で、だからこそ男手を所望しているのでもあった。

「お母さん」と正介はやさしい調子で声をかけた。「その割木の供出はどこの家にも来とるの」

「ちがう。山のないものには来る筈がない」

「そんなら、山のない者に割ってもらえばええじゃろう」

「それがじゃ。去年までは山のない者に、やって貰うことも出来たんじゃが、今年は徴用やら、出征で、もう男が居らんのじゃ。なんぼ銭を出して来て呉れとたのんでも、人が居らんのじゃ。だから、お前にたのむのじゃ」

「ふん、そうか」正介は溜息が出た。

が、このへんが潮時だと思うと、

「実はお母さん、わしもそう長くは家に居られんのじゃ。実はこんど或る所から満洲へ一寸来て呉れと言うんで、ちょっと行って来なくちゃならんのじゃ」

と白状すると、

「満洲へや？」老母はびっくりして、いまにも卒倒せんばかりに色をかえた。老母は、正介が近頃はやり出した疎開で、家に帰ってきたものと早合点していたのである。

「ああ、満洲へ。そのちょっとの間じゃ。実はもう旅費も貰うてあるんじゃ。その旅費も県知事じゃないが、何百円というほど仰山もろうてあるんじゃ。男は義理ちゅもんがあるから、貰うた以上行かんわけにはいかんのじゃ」

正介は、一分《いちぶ》の隙もあたえぬように雄弁にまくしたてた。

「亥の子までには戻るか」

「亥の子？　うん、亥の子までには少し無理かも知れんが、正月までには戻る、そりゃ、是っ非もどるつもりじゃ」

その場かぎりの嘘をついて、地獄のような故郷をあとにしたのだ。

帰京して東京出張所に顔を出すと、

「おや、あなたはまだ東京にいたんですか。困りましたねえ」

事務所長が、本当に昏惑《こんわく》したような顔をゆがめた。

「実はちょっとその、郷里の方へ墓参りに行っていましたもんで」

と正介が弁解すると、

「そりゃあ、あなたは二三日とおっしゃっていたでしょう。それでわしは、あなたはもう、とっくに赴任されたことと思って、本社の方にそう打電しておいたんですよ。こんなことなら葉書の一本も下さればよかったのに」

所長はにがにがしく正介を難じた。

「はあ、ところが田舎には、コレラやペストのワクチンがなかったので、予防注射が出来なかったのです。でつい遅くなりまして」

「ワクチンなら、帝大の伝染病研究所へ行けばいくらでもありますよ」

所長は腹を立てて机の上の紙をとると、なぐるように研究所の地図を書き、せきたてるように正介に渡した。

正介が郷里に帰ってぐずぐずしている間に、東京にはB29の初空襲があった。まだ小手調べの域を出なかったが、民心は恟々《きょうきょう》として、これからだんだん本格的な空襲が来るように思われた。

正介は晩秋の大空をかける米機の編隊を仰向いて眺めた。大空に流れる美しい飛行雲に見とれた。が、困ったことには、空襲があると、電車がとまるので、正介は芝の伝染病研究所へ通うのに並々ならぬ苦労をせねばならなかった。コレラにチブス、ペストにホウソウ。正介はうんざりした。が、やっと注射もすんでいよいよ出発しようと思った途端、東海道線は不通になった。大井川の鉄橋がこわれたからであった。東海道線開通以来の椿事《ちんじ》で、明日は明後日はと待っても開通はいつになるか見当もつかなかった。毎夜、さむざむとあけひろげた部屋で、ゲートルを巻いて寝ながら、いらいらした気分で、正介は二十日間も大事な時間を空費してしまった。

そうしてそのあげく、やっとの思いで胸苦しい救命胴衣にしめつけられながら玄海灘を渡り、朝鮮を南から北に貫通し、あまり気乗りのしない満洲に正介は来たのだ。


夕飯をたべている前後、宿屋の部屋には暫くの間スチームが通っていたが、食事を終えた頃から正介の身体は急にがたがたふるえ出した。それもその筈で、手をあててみると、スチームはいつの間にか消え果てているのであった。ねれば暖まると言って、女中が夜具を敷いてくれた。それで正介は外套を着たまま、えりのきたない夜具の中に身を埋めたが、とても寝つかれたものではなかった。頭をかくせばいいかと思って、頭に防空頭巾をかぶってみたが、とんと効果はあらわれなかった。

「君、君、どこかこのへんに、一杯のませるところはないかね」

正介は宿の玄関わきの帳場にいた女中に言った。帳場ではストーブが赤々と燃えているのが羨しいと言うよりも、むしろ小憎らしかった。

「さあ、そこの郵便局のところを左に曲ると、二三軒ありますけれど。もう遅いかな」

女中は柱時計を仰いで、よそのお客さんにでも対するような冷淡な調子で言った。時計の針は、八時をすこし廻ったばかりであった。

正介は大急ぎで靴を出してもらい、氷のように冷くなった靴をはくと、こわごわ初めての満洲の夜の中に出た。もう人通りは絶えて、街はひっそりとしていた。

しばらく行き、縄暖簾《のれん》をぶら下げた百万両という店を見つけ、扉をおして中に入った。とたんに眼鏡がくもって、視界は遮られた。眼鏡をはずし、

「小母さん、一本つけてください。実は僕は今日内地から着いたばかりで、寒くて寒くて寝つかれないから来たんだから、よろしくたのみます」

断わられては事だと思い、哀願するように言って、おでん鍋の前に腰をおろした。

「はい。それはまあ、まあ、お酒は日本酒でよろしいですか」

あんまりあっさり承諾されたので、正介はなにか拍子ぬけがした。眼鏡をふいてかけ直し、みると小母さんは日本髪に結った四十女だった。

三本のんで正介は勘定をたのんだ。それから二本飲み足して、正介は百万両を出た。

あくる日の十時頃、約束の千馬がやって来た。正介は昨夜百万両という飲屋へ出かけて酒をのんだいきさつを千馬に話すと、

「ほほう」と千馬は目をまるくして、「しかし満洲はあぶないですよ。どうも初めて内地から

来た人は、泥酔して道端にねころぶ習慣があるんです。寝ころんで眠ったら最後、オダブツですからね。二三日前も、日本からやって来た若い陸軍将校が、ついその電車道でみっともない最期《さいご》を遂げたばかりなんです」

千馬は吃りながら、正介に注意を与えた。

「ほほう」

正介は冷いものが背筋を流れた。正介はまだ将校のように死にたくはなかった。しかしやりかねない自分を警戒して、千馬の忠言をサロメチールでもぬりつけるように頭の中にすりこむと、

「ところが僕は南国生れなもんで、もう寒い所は苦手なんですよ。この間一と月ばかり前になりますが、一杯やった挙句、大失敗を演じたんですよ。どうも防寒靴なんてものは重苦しくって、邪魔っけで仕様がないもんですから、帰り途でフットボールみたいに、星空めがけて蹴上げてしまったんですよ。それで足が軽くなっていい気持で家に帰ったんですが、明くる日はこんなに一升徳利みたいに足がふくれ上りましてね、十日も会社を欠勤してしまいましたよ。会社じゃ、弘報課には、とんだバカモンがいるもんだと、評判を立てられるし、さんざんな笑いものにされたばかりなんですよ。ほれ」

千馬は手早く靴下をめくって、火傷の跡のように白くふやけたような縮んだような足の皮を

正介の目の前にのぞけた。
「は、は、はあ。これは大変だったでしょう。だがちょっとあなたのその時の気持は分ります
ね。で、その防寒靴は出てきましたか」
「冗談じゃありません。満洲で物をなくしたら、それが二度と自分の手に戻るなんて、絶対な
いことです。さあ、出掛けましょう。ともかく、一度だけは社に顔を出しておいて下さい。宿
舎も今日きめますから」
電車にのって、正介は公社に行った。電車の硝子窓には氷がはりつめて、電車は何処《どこ》をどち
らの方面に走っているのか、全然見当もつかなかった。日本からはいて来た普通の靴の中の足
がちぎれるように疼いた。電車の運転手がふきさらしの運転台で、平然とハンドルを握ってい
るのが、あり得べからざる奇怪なことのように思われた。
「あれです」
電車をおりて五分ばかり行った時、千馬がぽつりと言った。
そこは野原のはずれのような所で、そのはずれのような所に、コンクリートの倉庫のような
殺風景な建物が建っているのが見えた。塀も囲いもなかった。
コンクリートの棒が二本立っただけの門を入ると、自然木らしい楡《にれ》の老樹が一本あって、そ
の枝には色の真黒な雀が四、五十羽とまっているのが異様な光景だった。

正介は千馬のあとに従いて暗い階段をのぼり、三階の総務部と書いた部屋に連れて行かれた。五六十人の社員が、机を並べて事務をとっているのが一目で見えた。その真中辺の少し大きな机の前に坐っている男のそばに行き千馬が何かいうと、その男が女の事務員に何か命じた。するとその女事務員が鍵を持って壁際の「秘」と書いてある箱をあけ、「秘」と書いてある帳面を持って来て、ぱらぱらとめくった。そして正介の名前の書いてある頁が出ると、女事務員は正介の判コを要求した。正介が縁のかけた黄楊の判コを出して女事務員に渡すと、

「ちょっとお待ち下さい。いま、秘書課の方で辞令を書きますから」

と女事務員は帳面をかかえて廊下に出た。

正介は手持無沙汰にそこにつっ立っていると、なにか郵便局に来ているような錯覚を覚えた。人が出たり入ったりするので、邪魔になっては悪いと思い、「秘」と書いた箱に吸いつくように待避していると、そうしているのが当然であるかのように、社員が正介の前を失礼とも言わないで通りすぎた。千馬は誰か知り合いのところに行って、手ぶり身ぶりで何か話しているのは、先日満洲道路をハダシで歩いた武勇伝の一くさりを復習させられているもののようであった。

やっとのことで辞令が書きあがって、正介は千馬ともう一人の男に促されて、奥の方の一段と高い場所に大きい机が置いてある多分総務部長であろう人物のところにつれて行かれた。先

の男が何か二言か三言か言うと、部長は出来たての辞令をタイプライターで打った紙を眼鏡ごしにざっと眺めた。そして机の向うに、にゅっと立ち上った。いよいよ辞令の交付だ。

こういうことに経験のない正介は、作法が分らなかった。が、正介はいつか九段の軍人会館で文学報国大会があった時、その年二三の文学賞の授与式が行われて、受賞者がはればれしく賞金を受取った時の光景を思いうかべた。その時の受賞者の態度をまねて、上体を少し前にかがめ、両手を二本ぎゅっと突き出して辞令をうけとると、割合に大過なく辞令が受け取られた。

「どうも大変むつかしいお仕事ですけれど、よろしくお願いいたします」

と、正介よりも三つ四つ若いかと思われる部長が案外ていねいな言葉で言った。

「は」

と、正介は答えた。

「千馬君、住宅の方は、もう手筈がついているかね」

と、部長が千馬の方に顔を向けた。

「はあ、いま係りの方にたのんでありますから、大丈夫です」

と千馬が吃りながら言った。

正介は千馬に連れられて一階におり、暗い長い廊下を歩いて、建物の一番奥の弘報室につれて行かれた。弘報室は小さな部屋だった。七八人の男女が、煙草をふかしたり、新聞をよんだり、写真を見たりしていた。千馬はそれらの人の名前を言って、一人一人正介に紹介したが、正介は相手の名前はひとつも覚えられなかった。

「ちょっと、ここにでも腰かけていて下さい」

千馬は自分の机の中から書類の綴りをとり出して、それを参考に原稿を書きはじめた。正月に社員一同に社長が朗読する訓示の原稿のようであった。

二階の総務部室とは大分様子が違っていたが、正介は相変らず手持無沙汰だった。暫くの間、検温器でも腋《わき》にはさんでいるみたいな恰好でしょんぼりしていたが、だんだんやり切れなくなって、室の壁際にある硝子張りの本棚へ行って本を眺めた。本棚には正介の友人の著書も並んでいたので、正介は退屈しのぎにその中の一冊ぬいて来て漫然と読むことにした。

正介の腰かけている課長の机の上には、卓上電話がのっていて、時々電話がかかって来た。が、正介はどういうものか、さっとその電話機に手がのびなかった。横着というのか何というのか、手が出なかった。

そのたびに千馬や、その他のものが、わざわざ上体をのばしたり、立ち上ったりして受話器を握った。正介は自分自身の気のきかなさにいやな気がさして、何とか打開の方法はないかと考えたが、考えれば考えるほど手は出なかった。

翌る日、昼近くなって、正介の泊っている宿屋へ弘報室の同僚の一人である金青年がやって来た。金青年は朝鮮生れで、頭髪を長く伸ばしているのは、兵役に関係がないからのようであった。

「千馬さんが病気ですから、ぼくが代りに来ました。宿舎がきまりましたから、ご案内します」

と、金が言った。

「そう。それはどうもありがとう。今日は社は午前中なんじゃない？」

「ええ、でもぼくに白羽の矢がたったんです」

「それはすまんなあ。で、千馬さんはどんな病気なの？」

「さあ、どんな病気ですか。電話をかけて来て病気だと言ったんです」

実は宿舎は昨日から決っていて、正介は一刻も早く落着きたかったが、千馬が発起人になって弘報室の有志二人を勧誘して正介の歓迎会をしてくれることになったので、正介も無下《むげ》に断りかねて、落着が一日のびたのだ。

歓迎会の場所は、どこかの満人料理店で、天井の低い、ストーブの燃えている土間の、木の腰掛に腰かけて一杯やったのだ。二流か三流と思われる料理屋で、テーブルの下には痰壺がおいてあり、土間の入口の帳場机には大きな中華算盤がおいてあり、その横には煙草に点火用の渦巻線香が赤い色で燃えていた。帳場に腰をかけている主人は、日本の丹波栗のような顔をした男で、それが別にお客をせき立てるでもなく、お愛想をふりまくでもなく、実に一種特別な悠揚さをもって控えていた。が、それなのにその悠揚さとは反対に、

「さ」

「どうぞ」

「さ」

と、三人の同僚は一秒間の間隔もなく正介に飲酒を強いた。正介は主賓であるから、酒を強いられるのは当然のようなものだが、それにしても物には節度というものがあるものだ、どうして諸君は無闇やたらにせかすのだろう。せく人間が満洲にやって来たのか、満洲へ来るとせくようになるのか正介は疑問に思っていると、

「さ、どうぞ」

「さ、どうぞ」

「高粱酒《コウリヤン》は料理をたべないと駄目です。うんと油ものをとらないと、胃をすぐにこわします」

諸君はこんなことを言って、料理の方もどんどん皿に取ってくれるのだ。

それで極めて短時間のうちに歓迎会は終った。酒席というものはのんびりと談話など取り交わしながら、ゆっくり飲んだり、食ったりするものという正介の概念は、完全に踏みにじられ

た恰好だったが、急テンポで飲み食いした結果、会が終った時には、正介はかなり酔っていた。

「何処かもう一軒行こう」

と正介は動議を持ち出したが、諸君が一せいにこれを抑えた。

気がついてみると、正介はなれない高粱酒をがぶのみしたので、大分足をとられていた。千馬が正介の体を抱くようにして宿屋まで送ってくれた。途中、正介は何度も路傍に坐りたい衝動にかられたが、死んではならぬ、と自重して、我慢をつづけた。

「それじゃ、明日。明日の朝、ぼくがトキワホテルまでお連れします」

千馬は宿屋の前でこう言って帰って行った。

その千馬が病気だときくと、何か順序が狂ったような嫌な気がしたが、口には出さず、お役目ご苦労で来ている金にトランクとボストンを持ってもらい、正介自身はこれも捨てられはしないカラの一升瓶を提げ、二晩厄介になった宿屋を出た。

電車はなかなかやって来なかった。待っている満人や日本人が、足の裏が地べたに凍りついてはならぬという風にしきりに足踏をしながら、不定形な列を作っていた。その中に十七か十八くらいの姑娘《クーニャン》がいて、ちょっと綺麗だな、と正介が思った時、姑娘はチュンと手鼻をかんで、指先にくっついた洟を腰のあたりになすりつけた。

金は何を思ってか電車線路の向うへ行ったり、又こちらへ戻ったり、何べんも同じことを繰り返すので、訳をきいてみると、トキワホテルはどちらの電車に乗っても殆んど同距離なので、早く来た方の電車に乗ろうということだった。市電が環状線になっているらしく、正介は金の後にくっついて、カラの一升瓶をさげ、向うへ渡ったり、こっちへ渡ったりした。

三十分も待って、やっと満員電車に乗ると、正介はにんにくの匂いがむんむん鼻をつく車内で、金に話しかけた。話がしたいのではなく、にんにくのくさみを、話でごまかそうとする作用のようであった。

「君は文学でも好きそうな顔をしているが、どんな作家が好きかね」

「ショーロホフなんか好きです」

「ほう。あのロシヤの。日本ではどんな人かね」

「日本では島木健作が好きです」

「ふん、なるほど。それで君は公社では、いま、どういう仕事をやっているの」

「図書の方です。図書の貸出しと整理です」

「じゃ、ラクだね」

「ちがいます。倉庫にはまだ本がうんと突っ込んだままになっているんです。それに、三島課長が今度また東京からうんと買い込んで来るそうで、これでとても忙しいんです」

「なるほど。それで昨日、君の隣に坐っていた女の子と二人でやっているのかね」

「違います。あれは資材課の女が、本を借りに来ていたんです」

「いずれにしても、ちょっと別嬪《べっぴん》じゃないか。頭はさほどでもなさそうだが」

「はあ？」

金が不審そうに正介の顔をのぞき込んだ。

電車が南新京という停留所にとまり、正介は金のあとについて下車した。そこは電車路とは言いながら、野原のような所で、寂しい住宅がぽつぽつ建っている間を更に七八分歩いて、やっと、トキワホテルと大きく書いた赤レンガの洋館に行き当った。


正介はこの洋館の三階の一室で、数え年四十二歳の新年を迎えたのである。

正月の朝、寒さに耐えかねて正介が押入の中にねていると、

「ああら、東京から来た小父さん、どこへ行ったかなあ」

鼻唄でも唄うような調子で、係り女中のユキがはいって来た。

「いるよ」

正介はうなるように押入の中から答えた。

「あら、あきれた。どうして、こんな所へはいっているの」

ユキは押入をあけて、正介の顔をのぞいた。

「寒いからさ」

正介が怒ったように答えると、

「ほんと。この部屋は、寒いんの、お気の毒ねえ。でも早くあがらないと、またお食事が余計に冷えちゃいますよ」

とユキが同情したように言った。

ユキは今朝は銘仙か何かの対《つい》の着物を着て、白足袋の新しいのをはき、かすかに脂粉の匂いを残して、いそいそと室を出て行った。

年は二十五か六くらい、資材の女の子と同じく頭はよくなさそうだが、顔がぽってりと白く、どことなく間が抜けているので、腹のたたない女だった。今日は二階や一階の女中と一緒に活動写真を見に行くと言っていたから、これから出かけるもののようであった。

正介は押入の中から這い出て、喘ぎ喘ぎいまユキがおいて行った黒いお膳に向った。暫くほっておくと、食べものが、かちかちに凍りついて、歯がたたなくなるからであった。申訳みたいに雑煮の小片が椀の中に入っているのを正介はぬるいおつゆと一緒にのみ下した。黒い御飯にお茶をかけ、腐ったような数の子をそえ、目を白黒させて咽喉を越えさせた。食べ終るが早いか正介はぶるぶる震え、ひいひい咽喉がなって、苦しい咳が出た。

三十日の晩、正介がこのホテルに入った時は、若干の幸運にめぐり合った。丁度、年末の配給酒を一人につき二本ずつのませるから、希望者は申し出よというおふれで、ホテルは夕方から宴会のような賑かさを呈した。三階が受持のユキは、三階の溜り場で、せっせと酒の燗をつけた。気の早い室では、もう歌を唄っているところもあった。

「ユキちゃん。僕なんか二本じゃ、蛇の生殺しっていうもんだ。何とかもう一本都合つかないかね」

正介は便所の帰り、溜り部屋に首をつっ込んで言うと、

「うむ」とユキはうなずいてからしばらく考え、「少し待ってね。小父さんのお部屋でね」

ユキは意味あり気にこう言い、間もなく銚子を一本エプロンの下にかくすようにして持って来た。別に恩にきせるような素振りはなく、頼まれたことはしてやらないと気持がすまない性分のようであった。

結局、正介は次々と三本も追加を申込み、それが全部かなえられた。三本目の銚子を持って来た時、ユキは部屋の窓のカーテンをめくって外をのぞくようにし、

「この部屋、春になると、とってもいいのよ。あの辺がずうッと一面に青くなって、とても見晴しがいいのよ」

ひとりごとのように言って、またすうッと消えるように出て行った。

正介はいい気持になって寝た。部屋は畳も新しいし、置床ながら床もある。床の上には老人

が川で釣をしている風景画もかかっている。部屋の一隅には新婚旅行でもしたいような朱塗りのつやつやした鏡台も置いてある。正介はここが自分のあてがわれた住居だと思うと、一種胸のふくらむ思いで眠りにおちて行った。

だが、それらはみんな酒に酔った正介の錯覚にすぎなかった。明くる朝早く目をさました正介は、今着て寝ている蒲団の襟に、白く冷く霜が降りているのを見つけた。蒲団の襟ばかりではなく、正介自身の顔にもがさがさと霜がおりていたのであった。びっくりした正介は、前後も忘れて溜り部屋に飛んで行き、

「ユキちゃん、おい、ユキちゃん」

とユキに救いを求めた。

「何よ」

ユキは蒲団の衿から、白い顔をのぞけた。

「これを見てくれ。顔が霜だらけだよ。大丈夫かね。ひどいねえ、あの部屋。凍傷にならんかね」正介は衣類の袖で顔をごしごしとこすりながら訴えた。

「大丈夫よ。わたしなんかも、時々そうなるわよ」

「だけど、ひどいね。ああひどい。君は北海道生れなんだろう。おれはちがうよ。あんな部屋にいたら死んでしまう。あの部屋、このホテルで一番寒い部屋なんだろう」

「一番ってこともないけど、三階はどうしても煖房がきかないから寒いのよ。それにあのお部屋、南と西と両方とも明いているでしょう。だからほんとに寒いのよ」

「そうれ見ろ。とにかくどうにかしてくれ。どこか別の部屋に変えて呉れなきゃ、おれは死んでしまうよ」

「そうね。帳場の小父さんにそう言って、頼んでごらんなさい。ひょっとしたら変えてくれるかも知れないわ。何よ、みっともない、そんなにがたがた震えて。そこの棚の上に昨夜お客さんの飲み残したお酒があるわ。あれでも一杯ひっかけてごらんなさい、ああ、ねむ」

ユキは夜具をひっぱるようにして、白い顔をまた蒲団の中にうずめた。

正介は恥も外聞もなく、誰の飲み残しか分らない棚の上の三本の銚子を、そこにある空いた小鍋に自分でうつした。そして瓦斯に火をつけ、酒のあたたまるのを待って、きゅっとひっかけると、少し元気が出た。正介は階段を辷《すべ》らぬように気をつけながら、一階へおりて行った。

玄関わきの管理人室では、びっこの管理人が、やねっこい顔つきで部屋を掃いているところだった。年は凡《およ》そ五十三四くらい。正介はその小っぽけな土間に佇《た》ち、昨夜蒲団や顔に霜がおりた事実を述べ、転室をたのむと、

「無いです。無いものはないです。いくら仰言っても、同じことです」

管理人は正介がまだ幾らも言わないうちから、こうきめつけた。無愛想というのか、鈍感と

いうのか、正介はつぎほの言葉に窮した。が、ここで引込んでは何のヤクにもたたないと思って、

「だって小父さん、僕は内地から来たばかりで、とてもあの部屋では過せそうにないんだよ。だからそこの所を、何とか……」

揉手でもせんばかりに交渉をつづけると、

「それだったら、何処か別の宿屋を捜して下さいよ」

管理人はつっけんどんに言った。

「こまったなあ」

正介が思わず泣き声になると、

「そりゃあんた、寒いですよ。ここは満洲だもの」

管理人はトドメをさすように言って、素足のままで、びっこをひきながら掃除をつづけた。正介はその冷淡な態度が癪にさわって、今にも叩き殺してやりたいような衝動を覚えたが、四十年生きてきた年の効に物を言わせて、

「じゃア小父さん、もしも今度、どこかの部屋が明いたら、その時には是非お願いしますよ。なあ」

とふるえる声で言って廊下に出た。

そしてその夜、正介はどうにもこうにも術策がないまま、押入に這入って寝たのである。押入には夜具が余分に入っていたので、正介はその夜具でベッドを作り、その中にもぐって寝たのであるが、就床すると幾許《いくばく》もなく、正介はまるで富士山から岩石でもころがすような急速度で、病気が二つも同時に発作をおこした。その一つは喘息《ぜんそく》で、もう一つは肋間神経痛であった。

後になって段々わかったが、日本の冬の服装でいきなり満洲にとび込んで来た正介を、満洲の空気は、薄みにつけ込んで、先ず彼の胸のあたりから牙をたてて来たのだ。理由はともかく、最初猛烈な咳が五分間もつづいて、今にも息が切れそうになった。そして焼火箸でも突っこむように胸が疼いて来た時には、正介は自分の命も今夜かぎりかと思った。

「アア、死ヌ、死ヌ、死ヌ」と思うたに過ぎなかった。正介は寂しかった。肉体の苦痛よりも、此処で、……こんな宿屋の押入の中で、はるばる海を渡って来て、自分は死ぬるのかと思うと、それが寂しかった。

正介は東京を出発する前夜、何年ぶりかで妻と同じ部屋でねた。寝たといっても、旅の支度をしながら、その夜も防空警報が頻発したので、電燈は消され、正介は足にゲートルを巻き、妻はモンペの紐をしめた服装で、夫婦は時々木に竹を接《つ》いだような話をかわした。が、

「今度はおれも向うでくたばるかも知れない。そうしたらだね、この交通地獄の世の中で、お前はわざわざ満洲までやって来る必要はないぞ」

と正介は言った。

「どうしてですか？」

妻が不服げに、きき返した。

「おれの死体はおれが始末する。骨はちゃんと小包にして送ってやる」

と正介は言った。

「まあ、いくら私が至らず者でも、その時にはどんな旅費を工面してでも、迎えに行きますよ」

と妻が言った。

「いや、よしてくれ。おれは小包で帰る」

と正介が言った。

半分は冗談のつもりで言ったのだが、全部が全部冗談とは言い切れなかった。長い間の貧乏にやつれた妻が、女のひとり旅、夫の遺骨を首にぶら下げて汽車にのっている図なんか思っただけでもみじめで、こちらが顔をそむけたくなるのだ。それに引き替え、死んで一片の白骨となって、小包紐でしばられ、未知の郵便配達夫の手で汽車に積まれたり、降ろされたり、空高くクレーンで船に投げ込まれたり海風に吹かれたり、時には箱の中でコツコツ音をたてて鳴ってみたりする光景を思うと、自分ながら何か清涼で微笑ましい詩的な感じが湧いてくるのだ。

如何にも木川正介らしい最期のように思われて、若干得意でさえあったが、あれから僅か十日、噂をすれば影のようにもうその運命がおそって来たのかと思うと、正介はあわてた。まだまだ自分には為すべき仕事が山ほど残っているような気が勃然とわき出た。何も満洲くんだりまで、わざわざ海を渡って死にに来る必要はちっともないので、こんな牢屋のような押入の中でひとり寂しく息をひきとるのは御免だった。

正介は記憶の中にある岩野泡鳴の詩を思い起した。その詩は次のような詩だった。

何のために僕
樺太に来たのかわからない
蟹の罐詰、何だそれが？
酒と女、これも何だ？
東京を去り友達に遠ざかり
愛婦と離れ文学的努力を忘れ
握り得たのは金でもない
ただ僕自身の力
これが思ふやうに動いてゐない夕には

単調子な樺太の海へ
僕の身も腸《はら》わたも投げてしまひたくなる。

尤《もつと》も正介はこの詩をずっと以前本でよんだので、全部を諳誦してはいなかった。それでも初めの四行ばかり覚えていた。「何のために、僕、樺太に来たのか、わからない、蟹の罐詰、何だ、それが？　酒と女、これも何だ？」あとは覚えていないので、これだけを正介は心の中で、経をよむようにくり返した。と言っても、消え入るような咳と胸痛に耐えながら、その合間合間に、つまり言い替えれば音楽の二重奏みたいに、「イタタタ」「何だそれが？」「イタタタ」「わからない」「何のために僕」「イタタタ」と心の中でくり返したのだが、この二重奏で正介は案外慰安を覚えた。満洲と樺太の差はあっても、同じような辺鄙《へんぴ》な寒土で、「何だ」「何だ」「何だ」「それが何だ」と繰り返していると、病気の苦痛が幾らかごまかされた。

こうしているうちに、正介の苦痛は第一期を経過した。喘息神経痛といえども、相棒はつまり生きたバイキンで、バイキンも腹がふくれると、ちょっと休憩に入るものらしかった。正介はそれまで横臥はとても耐えられないので起坐していたのであるが、バイキンのちょっとの休憩を利用して、体を後の壁にもたせてよりかかった。そうしてぐったり疲労しきった身体を休めた。

だが、間もなく第二の発作が起り、つづいて第三の発作が起った。それから発作は何回かおこったが、そのたび彼の肉体は衰弱の度を増して行くと同時に、バイキンに対する抵抗力も出来てきたらしく、明け方近くなって、正介は少々ながら睡眠をとることが出来た。

食事をすますと、正介は外出の用意をした。何処へ行くという当てがあるわけではなかった。煖房のきかない零下の部屋にじっとしているのは堪えられなかったから、外に出ようと思ったまでのことであった。

正介は街路を歩いた。歩くと、喘息の気管がぜいぜい鳴って、咳をすると咽喉から血の固りが飛び出た。昼間だからそれがはっきりと見えた。靴の先でつついてみると、咽喉の皮が裂けて、飛び出たもののようで、いわゆる血痰ではなさそうであった。

「万事は神の摂理だ」

正介はこう思った。必要があって出るものは、必要があるから出るのだ。糞でも屁でも同じだ。満洲の厳寒が自分の肉体を喰い破るか、自分の肉体が満洲の寒気に打ち克つか、それは格闘して見ねば分らぬことだ。こう思う以外に手はなく、正介は西も東も分らぬ市街をただ出鱈目に歩き廻った。歩きながら、

「千馬や、松本や、桑田の家はどの辺にあるのだろう」

正介は歓迎会をやってくれた面々の顔を思いおこした。迂濶な正介は、これ等の同僚のいる

町名や番地を訊き忘れていたのだ。いくら後悔しても今更はじまらぬことであったが、今日は元旦だから諸君の家には酒の三合や五合はあるに違いない、そう思うと悔しさは倍加した。

市街はどんよりと曇って、どこの家にも石碑を大きくして立てたような四角な煙突が並んで、この市街は大きな墓場のような印象を与えた。煙突からは赤茶けた煙が出ていた。見渡すかぎり黒一色の、青いもの一つ見出すことの出来ない街を正介は流浪人のようにうろつき廻った。

こうして正月の二日間がすぎ、正月三日になって、正介は公社に電話をかけた。正月休みが明けるこの日を、正介はどんなに待ちわびたことか。わずかな二日間が正介は一千年よりも長く思えた。

「ああ、こりゃアひどい」

電話をかけると飛んで来た千馬と松本が、室に入るなり、口をそろえて言った。二人は死に瀕した病人を見舞う時のような悲痛な顔をしていた。

「ひどいでしょう。どうにかして下さい。僕はこのままでは凍え死にますよ」

正介は言った。

「とにかくですね。僕の寮に来て下さい。若い奴がごたごたしていて、うるさいけれど、煖房がきいていますから、この部屋に比べると雲泥です。ぜひ、そうして下さい」

と松本が眼をくりくりさせて言った。

「ありがとう」

と正介は言った。

「実はこのホテルがこんなにひどいとは思わなかったのです。すみません。とにかく、一時、松本君のところへ避難して下さい。たのみます」

千馬が吃りながら言った。

「そりゃ、御厄介になりますよ。しかし、千馬君、本音を言うともう日本へ帰りたいのです。何とか三島課長のように内地へ出張させて貰えませんか」

と正介は言った。

「だって、木川さんは内地から五日前にいらしたばかりでしょう」

と千馬が言った。

「いいじゃないですか、そんなこと。旅費はいりませんから、旅行証明書を出して貰えませんか」

と正介が言うと、

「ま、ま、ま」と千馬が周章てて、両手をさえぎるように正介の眼前にひろげた。そして千馬は、その両手を一つに合掌して、

「ま、ま、そう言わないで下さい。たのみます。たのみます」

と正介を仏様でもあるかのように拝みたおした。

正介は二人の同僚に引きたてられるようにその日、都荘という独身寮に移動して行った。荷物は相変らずボストン・バッグとトランクとカラの一升瓶だけであった。四十二歳にもなって独身寮なんて気はすすまなかったが、松本はこの寮の最年長者である為か、二階の南向きの部屋はそこでは特等の部屋に属して、煖房も宵の口だけではあるが比較的によく通るのが、唯一つの取得だった。

「じゃ、行って来ます」

松本はこう言って、毎朝九時過ぎになると、寮を出た。机の上や畳の上や、場所は一定しないが、正介の朝飯は松本が食堂から取って来て置かれてあった。正介は十時か十一時頃に寝床から起き出してそれを食うのだ。前のホテルのように、見る見るうちに食物が凍るようなことはなかった。でもそのまま食べるには冷たすぎるので、アルミの弁当箱に飯とおかずをぶち込んで、雑炊風なものをつくった。熱源は、松本が近々結婚するので苦心の末入手したという電熱器を借りた。が、この寮では電熱器は禁制になっているので、何か泥棒でもしているみたいにヒヤヒヤしないではいられなかった。

そのくせ、正介は食事のあとではお湯をわかして茶をのみ、また手あぶりにも用いた。時々遠慮してスイッチを切って見るが、火気のない部屋は長つづきする筈がなく、肉体がすぐにそれを求めた。

昼間の寮はひっそりとして、満人ボーイが廊下や洗面所の掃除をすませて地下室にひきあげると、階下の玄関わきにいる寮母が、時々子供を泣かすのが聞えるだけであった。三十歳くらいになる赤ら顔にパーマネントをかけた寮母は、亭主が出征中にセックスのミスがあったため離縁になり、この独身寮の嘱託になって自活しているという噂だった。その連れ子の、五つになる男の子が、時々泣くのだ。

「只今」

夕方近くなって、松本が赤い顔をして帰って来る頃から、独身寮は急に賑かになった。その時刻になると、室のスチームも通いはじめ、一階は二階と、二階は三階と競争でもするように、ラバウルの歌や、露営の歌の合唱がおこった。尺八を奏するものもあれば、ハモニカを鳴らすものもあった。

でも二時間ばかりすると、その賑かさもやんで、スチームが消える頃から正介は咳が出た。咳は正介の夜なべのようなものであった。

「それでも、大分よくなられましたよ。あなたが此処へ来られた晩は、あの病人、死ぬのではないかとみんな噂をしたそうですよ。随分つらそうな咳でしたからなあ」

或る晩、机に向って手紙を書いていた松本が言った。

「そうでしたかなあ。いや、どうもありがとう」

と正介は夜具の中から答えた。

「それから僕は明後日、日本に帰ってきます。れいの女と正式に見合いをして、できれば形ばかりでも式をあげて、連れてくるつもりです」

松本は机の引出から素人が撮ったらしい写真を出して正介に見せてくれた。朝顔の咲いている垣根を背景に、二十歳くらいの痩せ形の女が、浴衣姿で晴れやかに笑っている美人の写真だった。

「ぼくは福井県の寺の息子ですが、この女も東京の本所の寺の娘です。木川さん、それでぼくは東京に行きますから、何か奥さんに用事でもあったら、寄ってあげますよ」

と松本が言った。

「そうですなあ。でしたら、僕は電熱器を取って来てもらいたいんですが。しかしあれは重いなあ。電熱器がムリでしたら、電燈のソケットを取って来て貰えたらありがたいですなあ」

と、正介は遠慮がちに言った。でも、気持はすがりついた。すでに日本からの小包郵便の発送は停止になっていたからであった。

松本が日本に立って行った日のあくる日、松本は無事に玄海灘をわたったであろうか、どうだろうかと気遣いながら、正介が小刻みに膝をふるわせながら、電熱器で手をあぶっていると、

「木川さあん。お客さまですよ」

階下から寮母の声がきこえたかと思うと、間もなく室の扉があいて、村田がのっそり顔をのぞけた。

「やあ、まあ上れ。おれは居候の身分だがね」

正介は心の中で待ちに待っていたお客を迎えた。

村田は土間の入口で長い時間をかけて、防寒帽をはずし、防寒外套をぬいだ。一切が獣類の皮毛で出来た本格的な防寒姿を正介はしげしげと眺めた。冬の満洲姿の村田を見るのはこれがはじめてであった。

もう十年近くも前のことだ。時候は新秋の頃であったが、村田が正介の東京の寓居を訪ねて来て、

「ちょっと奈良方面に旅行でもして来ようと思うが、どうかね、君も一緒に行って見ないか」

と正介を誘った。

「うん、そりゃア、行って見たいのは山々だが、旅費がないね」

と正介は答えた。

新宿に出て武蔵野館裏の松竹梅という居酒屋で、コップ酒をのんで別れた。

ところがそれから二十日位たったある日、村田はひょっこり満洲から転居通知をよこした。

けったいな転居通知もあるものだ、と思って正介は葉書をよく見ると、村田は満映に就職したもののようであった。

いわば村田は都落をしたわけであったが、その決心をつけるために、正介を奈良旅行に誘ったのかも知れなかった。正介が旅行を蹴ったので、奈良旅行も取り止めにして、満洲に渡ったのかも知れなかった。

その後、村田は数回東京に出て来た。用件は、結婚のためや、親の葬式や、足の骨折治療、その時々によって違っていたが、

「どうかね、ぼつぼつ、東京に帰って来ては」

と正介はそのたびごとに誘った。すると村田は、

「ふふん」

と、口をゆがめて笑って、

「それより君も一度満洲に来て見ないか。こんな高円寺の路地裏に年中くすぶっているより、時には日本を離れて、満目荒涼とした大陸の風景でも見ると、命の洗濯ができるかも知れないよ」

とこう言うのがおきまりであった。

そんなことで、二年前の夏は、正介は貧乏旅行ながら大陸を一巡したことがあった。その貧

乏旅行の様子はあとでゆっくり述べるつもりだから此処では省略するが、この旅行が今度の渡満にも、何かどこかで眼に見えないような糸をひいているのに違いなかった。

「どうも連絡がうまくとれないで、失敬しちゃったなあ。病気をしたそうじゃないか」

防寒具をぬいだ村田が、電熱器の向うに坐って言った。

「うん、例の神経痛だがね。それに喘息というやつが新規に出たよ。しかしもう大分いいんだ」

正介は平静な口調で言った。もう何日か村田にあったら大いに愚痴を並べてやろうと考えていたのだが、本人の顔を見ると、そんな気持は一ぺんにふっとんだ。

「生憎、君と入れ違いに三島が内地に出張して、それが悪かったね。やはり居るものが居ないと、物事がスムースに運ばないからね」

と村田が言った。

「ウンが悪かったんだよ。しかしよくしたもんだ。病気になったのは災難だが、これでも持病の坐骨神経痛が起きなかったのは神様の庇護だったかも知れないよ。いつものように坐骨にきたら、糞小便の始末からして自分一人の力では出来なくなるんだから、それで神様は患部を坐骨から肋間に移動して呉れたのかも知れないよ。所かわれば品かわるっていう奴さ。喘息の方は、今度が全くの新規だがね」

こう言いながらも、正介の咽喉はひいひい鳴った。咽喉を鳴らしながら、正介は有り合せの湯呑にお茶を入れて村田にすすめた。

「うまい」と湯呑を口にした村田が感嘆した。

「うまいだろう」と正介は微笑した。うまい筈だった。玉露だもの——。それが分ってもらえれば、はるばるボストン・バッグにしのばせて東京から持って来た甲斐があったと言うものだった。

「ところで君が行っていたという鶴立《カクリユウ》というのは満洲のどの辺になるのかね。何をしに行ってたんだい？」

正介がきくと、

「ふふん」村田は自嘲の色を口辺にうかべて、

「鶴立って、ジャムズの北方にある鶴立県の県庁のある所さ。おれは去年の十月からその県庁の嘱託となっているんだ。冗談にもせよ、満洲随一の専門作家といわれた小生も、ついに原稿を書く場所がなくなって、オマンマが食えなくなったからだよ。もとの古巣の満映に返り咲く話もないではなかったが、ものははずみで鶴立をえらんだまでのことさ」

「ふーん」

と、今度は正介の方が口辺に苦笑いをうかべて、

「それではまた行くかね。折角やってきたおれを置いてきぼりにして」

ときくと、

「むろんさ。もう役所はとっくに始まっているんだからね。あと二三日したら行くよ。ところで赤川のやつ、東京に帰ったきりで消息がないんだが、今どうしているかね」

と村田は話題をかえた。赤川は二人の共通の友人で、新京の満洲新聞社の文化部長をしていたが、自分の方からやめて東京にまい戻るや否や、徴用にひっかかって、何処かの軍需工場で働いている筈だった。

「先生、運悪く徴用にとられて、いま飛行機の部分品か何かを作っているらしいよ」

「バカな奴だなあ。だからおれは奴が新聞社をやめると言い出した時、極力口をすっぱくして反対したんだが、奴がきかなかったんだ。バカな奴さ」

吐き出すように言った村田は、何か思い出したように洋服のポケットをさがして、村田気付でよこした正介の妻の手紙をとり出した。留守宅に何か異変でも起きたのではないかと封を切って見たが、何も異変は起きていなかった。正介が取っておきの原稿用紙をつかって、さびしいだの、心細いだの、少女趣味めいた文句が並んでいるだけであった。

「さて、君の来満を祝して一献献じたいと思うが、外に出られないかね。まだ無理か」

と、村田がきいた。

「いや、外には出られる。いまも言ったように神様の庇護で、足は動くよ」

と、正介は言った。

「じゃ、安くて便利で、ちょっとした盲点みたいな店があるから、紹介かたがた出かけよう。逸見が毎日来ているよ」

外に出ると、村田はよたよたした足どりで歩いた。三年前の足の骨折がまだ治りきっていないようであった。

三年前、村田は細君がお産で入院中、自宅で一杯やって便所に行き、足をすべらせて骨を折ったのだ。すぐに入院したが、医者がヘマをやって、足の骨をイスカについでしまったのだ。止むなく、東京に帰って大学病院で骨の接ぎ直しをするという、二重の手間をかけたのだ。

「足どりが少しへんじゃないか。まだ本復《ほんぷく》とまでは行かないのかね」

と正介がきくと、

「暖い時はそれほどでもないが、冬になって寒くなると痛むんだ」

と村田が言った。

十五分くらい歩いて、新京駅の近くにある大きなホテルの玄関に着いた。その地下室に、小ぢんまりした酒場があるのだそうであった。本来はホテルの宿泊人のサービス用につくられたのだが、智恵のある飲み助が外から宿泊人をよそおって出入りするようになったものらしかった。酒場の方でも大目に見ているらしく、そのかわり酒の絶対量はごく少かった。

地下室におりて行くと、村田が予言した通り、皮のジャンパーを着た色黒詩人の逸見が壁際のテーブルにちょこんと坐って、開店時間を待っているのが見えた。

「いよう」

と正介が声をかけると、

「いよう」

と逸見が右手を頭の上にあげた。

お互に、昨日逢って別れたような挨拶であったが、逸見が満洲に来たのは、村田よりも以前であるから、十年以上、正介は逸見に逢っていなかった。一度、八九年前、逸見が東京に出て来たことがあって、一夕友人相寄り歓迎会を催すことになり、銀座のビヤホールに、二三十人の友達が集ったが、肝心の主賓である逸見は、ついにその晩会場に姿を見せなかった。集った友人達は、あいつ日暮里あたりの泡盛屋で腰がたたなくなっているのだろうと、失笑して会はお開きになったことがあった。

その逸見が腰かけているテーブルに正介と村田が腰をおろすと、

「来たね。とうとう」

と逸見は何もかも知っているような柔和な微笑をうかべて言った。事情は去年の春以来村田からきいて、十分知りつくしているような口吻だった。

「うん、来たよ」

と正介は言った。

「よく来たね」

と逸見が言った。

「うん来たよ」

と正介はもう一度言った。

その時、定刻の五時が来て、女給仕が高粱酒の入った一合グラスを運んで来たので、正介はグラスを手にした。村田も逸見も同時に手にした。そして、

「イヨウ」

三人はグラスを空間にさし上げ、三つのグラスをかち合せた。不思議なもので、それでいくらか場が落着いた。

グラスの白酒《パイチユウ》（高粱酒）を二口三口のんだ村田が急に雄弁になって、

「ほんとだよ、実際。六月はじめまで縕袍《どてら》を着てごろごろしている木川正介が、いまごろよくもやって来たもんだ。満洲はことし、五十年ぶりの寒さと言われているんだからなあ。おい逸見、こいつの履歴書は原稿用紙に乱暴なペン字で、なぐり書がしてあったんだよ。さすがに三

島も呆れて、履歴書の書き直しをして出したんだそうだ」

と、正介を上げたり下げたりした。

「おい、おい、現実暴露はよして呉れ。あまり悪口をいうと、おれは帰るぞ」

正介が、怒ったように応じると、

「帰りたいか」

と逸見が横から言った。

「帰りたいね」

正介は冗談のように言った。が、心の本音は言外にはみ出た。

「ハ、ハ、ハ、ハ」

逸見が枯木でも折るような調子で笑って、

「しかし来たものは、来たのさ。事実は事実さ」

と、いたわるように言った。

「ハ、ハハハ」

村田がしゃがれた声で笑い出した。

「その事実を尊重しよう」

「ハハハハ」

「白酒をのむのも事実か。この事実も尊重しよう」

三人はもう一度グラスをかち合せて、

「ハハハハ」

思い思いの声で笑った。


その翌日から、正介はこの地下室の酒場に通い始めた。村田が言ったように、この酒場は安くて軽便で、国民酒場のように、行列をつくる必要もなかった。白酒は一人に一杯という札が出ていたが、希望によっては二杯でも三杯でものませた。常連の多くは、新京の文化人で、その文化人が時々、「満洲には永住なさるおつもりですか」など大上段な質問をあびせるのが煩いだけであった。

夕方、寮を出る時、玄関で靴をはいていると、寮母の男の子が正介の肩や首にまといついた。どうやら、男の子は無意識ながら、中年の父親に飢えているもののようであった。

「まあ、お出かけ」

寮母が室の中から出て来て、声をかける。

「ああ、ちょっと」と正介は答える。

「いいわねえ、木川さんは。昼はうちにいて、夜はちょっと一杯、なんて」

羨しそうに寮母が言うのをきき流して外に出ると、その途端、

と寮母室からわざとらしい男の声がきこえた。早帰りした若い社員が、電気炬燵にあたりに来ていて、いやがらせにする咳であった。

「エヘン」

無理もない。病気だからと言って寮の朝の行事である皇居遙拝にも出ず、昼は蒲団の中にもぐっている男が、夕方になると一杯酒をのみに出るのだから。

常識ではそうであっても、正介にしてみれば他人の思惑などにかまっている余裕はなかった。正介は病気を治さなければならないのだ。病気を治すには、酒を飲むよりほかに手がないのだ。うちで飲んだ方がよいのだが、入手の手段《てだて》がないから、外で飲むだけの話だ。

酒がはいると、正介の体は内から温まって、萎縮した肉体細胞がほぐれた。血液の流通がよくなって、肋間神経痛の痛みが和らぎ、喘息の咳がとまった。だから正介は薬瓶のかわりに水筒を持参して、グラスの一合分は水筒に詰めて持ち帰り、夜中に最も咳がはげしくなる時の頓《トン》服《プク》用にも用いた。すると見事に効果があらわれて、比較的安眠がとれるのだった。

或る日、例によって地下室酒場で一杯やって外に出ると、外は何時になくほの明るかった。日が長くなったのだ。正介は微醺をおびて、馬糞が風に飛び散る街路をいつものように南に出ると、向うから大車《ターチヨ》の群が七台、縦隊になってやって来るのに出あった。大車の上には石炭が

山と積まれ、長い鞭を空間に揮《ふる》って、おのおの三頭立の馬をあやつっているのは満人馭者だった。

駅者たちは藁靴をはき、防寒帽をかぶっているが、ちっとも寒そうな気配はなかった。寒くなると元気の出る北極狐か海豹か、何かそんなような生物を連想させた。

勃然と尊敬心がわいて、正介は、

「バンザーイ」

と、両手をあげて叫んだ。自分でもどうしてそんな真似をする気になったのか分らない程の早業だった。

が、三番目の馭者がいち早く正介のバンザイを見つけて何か叫んだ。つづいて四番目の馭者と五番目の馭者が何か叫んだ。一番目の馭者も二番目の馭者も、振り返って何か叫んだ。

何を叫んだのか分らなかったが、馭者たちの顔は石炭で汚れて真っ黒なのだ。真っ黒の顔の中の赤い唇がにこにこ動いて、泥田の中にぱっと蓮《はちす》がほころびたような印象を与えた。

おかしなもので、人間の気持がすぐ馬にも通じた。馬も愉快になったのだ。顔の表情ではわからないが、蹄の音でそれが十分ききとれた。

パッカ、パッカ、

パッカ、パッカ、

三七、二十一頭の馬は、合計八十四本の足をそろえて、パッカ、パッカ、あたかも凱旋将軍でも乗せているかのような印象で、北の新京駅の方面に向って消えて行った。
正介は歩いて、れいの傾斜になった五つ角の道に来た。行きも帰りも、そこは一番用心しなければならない所だった。氷に辷らぬように気をつけて、その道をわたっていると、正介の肩にかけている水筒のなかの白酒が、ぽこ、ぽこ、と音をたてて鳴った。なにか、どこかの少女がかくしている秘密のオルゴールが、ウタをうたっているように聞えた。

ほんのりした気分で、もう少し歩いて道を左に曲ると、その途端、正介は斜め前方の赤い煉瓦塀をめぐらした日本領事館の枯木の上に、まるい満月がかかっているのが眼にとまった。いま、地上に出て来たばかりの満月であった。

「おお」

感動が胸をゆすぶって、正介はその場に立ち停った。

一ヶ月前、正介はこの月とおんなじ月を見ていた。場所は朝鮮と満洲の国境で、汽車が鴨緑江の上を走っている時、鴨緑江の夜景を見ようと思って、かちかちに凍った汽車の窓ガラスに額をくっつけて外を覗いた時、ふと眼にした異国の満月であった。

「そうだ。あれから丁度一ヶ月になる」

と、正介は気づいた。

正介は自然に出てくる泪《なみだ》を眼ににじませ、上って来る月に見入った。満洲にやって来た当座、正介は街の辻などに立っている掲示板に、紙がはってあるのが、不思議でならなかった。あんなものを誰が立ち停って読むのかと、疑問をおこしたほどだった。その同じ正介がたとえ短時間であるにはせよ、零下何十度の外気の中に突っ立って、こうして月を眺めることが出来るようになったのだ。

まだまだ体の調子は本物ではなく、真の勝負はこれからであろうが、満洲の酷寒と病気と格闘して、ともかくここまで辿りついた、自分の力が正介はうれしかった。

第二章　雪の原

二月にはいってから間もなく、千馬から電話がかかって来た。寮母が取りついだので、急ぎ階下におりて電話口に出ると、

「あの、もし、もし、木川さんですね。実は困ったことが起きているんです。大変恐縮ですけれど、ちょっと御出社いただけませんか」

と、言って電話がきれた。

大変恐縮といえば、ろくなことであろう筈がなかった。でも、ほかならぬ千馬が辞を低くして言うことだから、のこのこ出かけると、

「どうもお呼び立てしてすみません。ところが実はですね。さっき僕が兵事係長によびつけられましてね。君の課の木川嘱託の在郷軍人の移動届がまだ出て居ないが、それはどういう理由かと詰問されたんです。で、僕は、木川さんは自宅勤務だから、多分街《まち》の方の在郷軍人分会に

届出ているんだろうと答えてやったんです。ところが、千馬君、とぼけてはいけないよ、街の方の分会には何も出ていないよ、ともうそっちの方も調べあげているんです。処置なしですなあ。それですみませんが、この書類に必要事項を記入して、出してくれませんか。今日中に書いて、本人に提出させろというんです」

と、千馬が机の引出から、二枚の用紙を取り出した。

正介は気が進まなかったが、書いた。書くのに手間はかからなかった。

千馬と同道して二階の総務部にあがって行くと、兵事係長の席は総務部の一等隅のような場所にあった。もう一人、前の席に腰をかけているのが、助手のような仕事をしているものらしかった。

「持って来ました。これが本人の木川さんです」

と千馬が面白くもないような顔をして言った。

「おや、もう出来ましたか。それはどうも御苦労さま」

と兵事係長が顔を上げて言った。長十郎梨を思わせるような顔をした、三十五六歳の男だった。

「実は在郷軍人の転居届は、転居後、一週間以内にしなければならない規則になっているんですよ。怠ると処罰されるんです。木川さんはご存じなかったのでしょうから、転居の日付は本日現在ということにしておきましょうね」

と係長が恩きせがましく正介に同意をもとめた。

「はあ、では、どうぞ、そうして下さい」

と正介は返事をした。

「ところでご存じでもありましょうが、いま満洲では一斉に在郷軍人の冬期訓練をやっております。一月から三月までの三ヶ月の訓練ですが、あなたも明日から出て戴きたいのです。時間は大体朝の八時半から九時半までの一時間です。なあに、うちでは総務部長なども出てやっていることですし、そんなにひどいことはしませんよ。日によっては三十分ぐらいで打切ることもあります。街の分会などでは規則ずくめに、相当きびしくやっておりますけれど」

と兵事係長が言った。言葉はていねいだが、内容にはじりじり押し迫ってくるものがあった。

「はあ、それは無論、ぼくも出なければならない義務は感じますけれど、実はわたし、渡満以来病気にとりつかれて、とても体の方がもたないと思いますから、病気がなおるまで、休ませて戴きたいのですが」

と正介は言った。

「病気ッて何病か知りませんが、あなたは毎晩、酒場まわりなどして、景気よくやって居られるそうじゃありませんか」

兵事係長が皮肉な眼つきで正介を見つめた。

「いや、それは誤解というものです。ぼくはそりゃア、毎晩酒をのみに行きます。しかし酒場で飲むのは、白酒をグラスに二杯にきめております。一杯は水筒につめて帰って、睡眠用にのみますが、決して景気よくやっているというような豪勢なものではありません。つまり病人の医薬用として飲んでいるのです」

正介が理由を説明すると、

「病気は何です?」

と兵事係長がきいた。

「肋間神経痛と喘息です」

と正介が答えると、その時、向う側に腰をかけて睨むような眼付で形勢をうかがっていた助手が痺《しび》れをきらしたように横口を入れた。

「係長、一筋縄ではいかんね。いっそのこと、街の分会に廻したらどうかね。それとも憲兵隊に通報して適宜な処断を仰ぐことにするか」

態度といい、口のきき方といい、明らかに正介を犯人扱いにした恐喝だった。けれど、本当に憲兵隊に通報したら、どういう結果がでてくるか、かるがるしい予断はゆるされなかった。

「ちょっと、うかがいますが、あなたはどなたですか」

と正介がきくと、

「わしは、分会長だ」

とその男が言った。年は三十二三ぐらいで、正介が係長の助手だと思っていたのは、少々認識不足だった。

「憲兵隊に通報するとか何とか、今あなたは仰言ったが、そういう意志があなたにあるなら、大いにやり給え。しかし一言だけ言っておくが、君はおれが仮病をつかっていると、即断しているらしいね」

と正介はその男を睨みつけて言った。睨みつけるのが好きな男だから、こちらも睨んでやったのだ。

「いや、決してそういうつもりで言ったのではありません」

とその男が白ばくれた。

「そうかね。そんなら結構だが、ぼくはこれでも天皇陛下の赤子だ。だから去年も東京で在郷軍人の訓練があった時には皆勤でつとめた体験の持主なんだ。ただ明治天皇様は国民の兵役義務を二十歳から四十歳までとハッキリお決めになったが、近頃になって誰かが、天皇様の御意志に反して五年も齢《とし》を延長したんだ。しかし延長してみたところで、人間の体力には限界があるよ。健康の人にしてそうなのだから、まして病気の者が無理な訓練をしてもしも死ぬようなことがあったら、天皇様の御意志に反することだと僕は思うがね」

「じゃ、病気だったら、見学して貰うことにしようか」

と兵事係長が、分会長と正介を等分に見ながら言った。

「見学もできませんね。ぼくは防寒靴も防寒外套もないんですから」

と正介がつっ撥ねると、

「ええ？　防寒帽も防寒靴もないんですか」

とさすがの係長も呆れた。

「ないんです。東京を出発する時、そのことが気になって、東京出張所長にきいたところ、所長は防寒具は本社に行けばいくらでも備品として備えつけてあるから、ちっとも心配することはないと言ったんですが、それが全然嘘だったんです。それで千馬君が厚生課にたのんで毎日のように配給を督促してくれるんですが、まだ配給がないんです。ねえ、千馬君」

と正介は後を振り返った。が、さっきまで後に控えていた筈の、千馬の姿はもうそこにはなかった。

瞬間、正介は、つっかえ棒がとれたような淋しさが全身をよぎったかと思うと、突然、喘息の発作が起った。コン、コンと狐が鳴くような咳が出て胸をかかえてその場にうずくまると、ずっと遠方にいた女事務員が椅子を持って来てくれた。近くにも女事務員はいたが、あとで係長や分会長に嫌味を言われるのを、警戒したもののようであった。

椅子にふせて、五分間ばかりたって、発作がやんだ。正介は咳をする時口に当てていたハンカチをポケットにしまおうとした時、ハンカチが赤い血でよごれているのが見えた。ここしばらく見たことのない血だった。

「どうも失礼。こ、こんな塩梅なんですよ。こ、こ、これを見て下さい」

喘ぐように言って、正介は血でよごれたハンカチを係長の机の上にひろげた。なんだか幸運にめぐまれたような思いだった。

係長は困ったような面持だったが、

「とにかくですね。病気でしたら診断書を出して下さい。陸軍病院に行って、診断書を取ってきて下さい。診断書は一週間に一度ずつ、出して貰うことになっております」

今頃になって、もっと早く言えばいいことを言い出した。

「陸軍病院って、どの辺にあるんでしょう。ぼくはまだ地理が全然わからないんですが」

と正介がきき返すと、

「陸軍病院はいやに辺鄙なところにあるから、まあ、地方の医者のでも黙認することにしようか」

と分会長が係長に向って言った。

あくる日正介は、寮近くにある町医者をさがして歩いた。さがしてみると、医者はなかなか無かった。数日前に雪が降って足もとが悪いので、なおさらそのように感じられた。

ダイヤ街という通りで、やっと一軒「内科外科皮膚科性病科」と記した看板を見つけて、玄関の扉を押したが、扉は容易に開かなかった。凍りついた扉をこじ明けるようにして中に入ると、若い書生が出て来て、

「何かね」

と物売りでも撃退するような声で言った。

「ちょっと、診て頂きたいんですが」

と言うと、

「診察は午後一時からだ」

と横柄な態度で、壁に張ってある張紙を頤《あご》で示した。

午後一時開業というのは珍しかったが、では一時にもう一度出直して来るからと言ってその喜念医院という名前の医院を出た。

時間つぶしに正介は床屋に入った。二ヶ月近くも散髪しなかった頭の髪はのび放題だった。待っている間、鏡にうつる自分の影を見ながら、これでは書生が妙な眼つきをするのも無理か

らぬような気がした。日本とちがって、こちらの男性は皆んな坊主に刈っているので、余計に目立った。

番が廻って来たので、椅子に腰をかけると、

「丸坊主にたのみます」

と正介は言った。

眼鏡をはずしたので、鏡の中はうすぼんやりしてきたが、正介の頭の毛は惜し気もなくパサリ、パサリ、白布の上に落ちた。十九の春から伸ばした髪がなくなるんだから多少の感慨はあった。妻がみたらどんな顔をするだろうかと思った。が、兵事係長も、分会長も昨日、この長髪に言及しなかったのが、むしろ不思議なことのように思えた。

散髪が終って、しばらく新聞をよんで、再び喜念医院を訪れると、白い診察着をつけた医者が出て来た。何かの動物のような獰猛な顔をした医者だった。

「さっき来たというのは、あんたかね」

と医者が先に言った。

「ええ、そうです。ぼくです」

と答えると、

「病気は何かね」ときいた。

「肋間神経痛と喘息です」と答えると、

「そんなものは、うちでは相手にせんね。わしは性病科が専門なんだ」

と医者が言った。

「でも、表の看板には、内科小児科と書いてあったもんですから……」

と正介が言いかけると、

「あれは装飾だよ。女の子が首飾りをかけたり、耳飾りをかけたりしているようなものだよ。飾りがないと患者がやって来なくなるんだよ。お医者だって患者が来なければ、飯の食いあげだからね。ね、そうだろう。単に性病科と書いておいたんでは、若い女の子など入りにくいものなんだよ」

と医者が言った。

正介はなるほどと思って、

「では、この近くにほかのお医者さんがありましょうか」

ときくと、

「そこを左に行くと五つ角があるね。あそこを左に入ると、一軒あるよ」

と教えてくれた。

正介は五つ角の方へ歩いた。歩きながら、どうも変な気がした。いまの医者の顔が生殖器のように思えた。

が、間もなくれいの五つ角まで来たので、左に折れてだらだら坂をのぼって行くと、「前田外科医院」と書いた看板が目についた。どうも変だと思いながら、あたりを見廻したが、ほかに医院はなかった。

「今日は。ごめん下さい」

正介は前田医院の玄関の土間に入って叫ぶように言った。

すると眼の前の受付の小窓があいて、中から白衣を着た看護婦が顔をのぞけた。細っそりした顔をした、そう感じの悪くない女だった。

「あの、ぼくは肋間神経痛と喘息を患っているんですが、診ていただけましょうか」

と言うと、

「あら、でも、ここは外科が専門なんです。内科はしておりませんのですよ」

と看護婦が言った。

「そうだろうなあ。表の看板にちゃんと、前田外科とはっきり書いてありますからなあ。ぼくもそう思いましたよ」

「ええ、そうなんです」

「ところが、この先に喜念医院というのがありますね。ご存じですか。あの喜念医院の喜念先生が、お宅へ行って見るように言ってくれたんですよ」

「まあ！　紹介状をお持ちでしょうか」

「いや、そんなものは呉れませんでしたけれど、口で言ったんです。あの先生の顔はどうも変だと思いましたよ。ちょっと、何に譬《たと》えたらいいですかなあ。そら、犬がお産をするでしょう、あのお産をする時の牝犬のような顔をしていましたよ」

「………」

「いや、余計なことを言って恐縮でした。ではこれからぼくは内科に参りますが、近くには内科のお医者さんはありませんか」

「ございます。そこの五つ角を、こちらから真っすぐに渡って、真っ直ぐに行くと、天理教がございます。そこを左に折れて行くと、右側に島田さんというのがございます」

と看護婦が教えてくれた。

正介は天理教の前を左に曲った時、突然、疑念がおこった。さっきは看護婦が綺麗な顔をしていたので、容貌に気をとられて冗談ごとを言って、いい気になっていたが、診断書は町医が拒否することになっているのかも知れなかった。去年の秋、東京で第一回の徴用令書がまい込んだ時、正介はすでに似たような経験があった。東京の医者が、坐骨神経痛の診断書を書いてくれといったら拒否したのであった。その理由をきくと、警視総監から内達が来ているから、どうすることもできないと言ったのだった。幸いその時は、徴用が外れたので忘れていたのだ。日本のやることはすぐ真似をする満洲のことだ。あれに似たような内達が町医者に配られているのかも知れなかった。

それならこちらも作戦を変えねばならぬと決心した時、島田医院の看板が見えた。島田医院のある所は裏通りで、あまりはやっていない医者のようであった。

「今日は――」

と声をかけると、必要なこと以外はものを言わないような看護婦が出てきて、

「初診でございますね」

と念をおして、住所、氏名、職業年齢を書く用紙をくれた。

書き終るとあの部屋で待っているように言われたのでその部屋に入ると、それが診察室のようであった。ストーブは朝からまだ一ぺんも焚いた形跡はなかった。よっぽど患者の来ない医者であった。

五分くらい過ぎて、青い顔をした五十に近い医者があらわれた。営養不良がもとで、結核にでもかかっているような顔色であった。

「どこがお悪いんですか」

と医者がきいた。

「結核をこじらせたように思われるんですが」

と正介は言った。

「以前、おやりになったことがありますか」

と医者がきいた。

「ええ、二年ばかり寝ました」

と正介は答えた。

医者は検温器をくれた。正介は腋にはさんだ。医者はストーブにしゃがんで、マッチをすったが、火はつかなかった。真似をしただけのようであった。

検温が終って、型のごとく診察になった。

正介は洋服をぬいだ。着ているシャツも四枚ぬいで、はだかになった。予期していたほど寒いとは思わなかった。胸をコツコツ叩かれたり、息を吸ったり吐いたりした。

診察が終ると、

「実は先生、満洲は寒いので、気候の良い日本に帰って、静養したらと思っているのですが、如何でしょう」

とこちらから質問の矢を放った。

「そうですねえ。内地も空襲などが頻繁ですから、大変ですよ。肉類でも卵類でも、営養価値のあるものは、やはりこちらの方が豊富ですからねえ」

と医者が言った。

「ずっと、こちらにいても死ぬようなことはありませんでしょうか」

と、正介は言った。

「バカな。そんなことは絶対にありません。昔から病《やまい》は気からと言う諺がありますが、自分で自分の病気を悪くしてはいけませんよ。あなたは神経衰弱にかかっていらっしゃるんですよ」

と医者が言った。医者自身が神経衰弱にかかっているのではないかと正介には思われた。

「そう言われれば、思い当る節があります。でも先生、月給取りは内部の人事関係がうるさくて、そいつが病気とこんがらがって頭がいたくなるんです。だから一層のこと辞表を叩きつけて、日本に帰ろうかと思ったりした次第なんです」

と正介が言うと、

「そういう短気が一等いかんです。ま、もう少し様子を見ることにしましょう。薬を差し上げておきますから、一日おきに通院してください。次は明後日ですね」

と医者は診断にケリをつけて立ち上ろうとした。

「は、では一ヶ月くらいの予定で通院致すことにします。ところが先生、今も申しましたように社内の人事が変にうるさいんで、ごく簡単で結構ですから、診断書を一通、書いてくださいませんか」

と正介は心の中で揉手をしながら言うと、

「別に診断書には、簡単も複雑もありませんが」

と医者が呟くように言って、椅子に坐り直した。

そして、診察机の中から一枚の用紙を取り出し、ペンを握った。

もうこうなればしめたものだった。余計な口をたたくのは禁物で、沈黙をモットーにして見まもっていると、
一、病名、慢性気管支炎。約全治二週間を要す。
と書き下した。

病名にも期間にも、多少不満はあったが、異議は唱えないことにした。

島田医院を出ると、ほっと一息ついて、時計を見た。時計は四時半だった。正介は寮のある方角に歩き出したが、これから寮に帰ってから出直したのでは、地下室酒場の開業時間におくれそうだった。かと言って、水筒を持参しなければ、頓服用の寝酒が持って帰れなくなるのである。

バカなことにまる一日を無駄づかいしたものだと腹が立ったが、ふと妙案がうかんだ。正介は外套のポケットから薬瓶を取り出した。これなら一合はたっぷり入る。栓をぬいて、瓶をさ

かさにすると、ぽこ、ぽこ、比較的長い時間かかって薬がこぼれた。こぼれた雪の上に茶色の穴があいて、七十婆さんが小便でも垂れたようであった。

それから十日ばかりして、やっと防寒用具の配給があった。金青年が寮まで持って来てくれた。

「品物があまりよくありません。でも今、これしかないのだそうです。千馬さんがそう言えと言いました」

と金青年が長い髪をかきあげながら言った。

「いや、どうもありがとう。代金はどうなるんだろう?」

と正介がたずねると、

「代金は給料から差引かれます。多分、五ヶ月払いだと思います」

と金青年が言った。

明くる日、正介が電熱器で雑炊をつくっていると、廊下に寮母の跫音がして、扉の隙間から葉書が一枚ぽとんと落ちた。拾ってみると、鶴立から村田がよこしたものであった。

『その後体の調子は如何? 独身寮で四十男のひとり暮し、思いやられる。併し旧正月も過ぎて満洲の寒気もややゆるんだ。ここいらでミコシをあげて、北満出張と風流気を出して見ないか。鶴立には君の社の支所もある。先日所長に会ったので前ぶれしておいた。小生はこの頃一升瓶に湯を入れて湯タンポにしている。存外快適だから君にも推センしておく。ただし栓をしっかりしておかないと、火傷をするから御用心のこと、三島はまだ帰らないか。彼が帰ると万事が快調になるんだがなあ』

一読して、正介は友達はありがたい気がした。気持が壺にはまっているのだ。

そこへ再び寮母の跫音《あしおと》がして、コツコツ、扉をノックした。

「どうぞ」

と正介が声をかけると、扉があいて寮母が顔をのぞけて、

「あら、いまごろ、朝飯なんですか」

と大きな眼玉を蜻蛉《とんぼ》のようにくるくる廻した。

「飯を食うのも業だからなあ。ところでそんな所につっ立っていないで、入るんならさっさと入ってくれよ。冷い風が吹きこむじゃないか」

と正介が体をすぼめると、

「へえ、そんなに寒いのですか。本当は今日は暖いんだがなあ。でもそんなに寒くちゃ、木川さん、こんど三階に移ったらどうするの」

と寮母が言った。

「三階って、何だい」

「やっぱり知らないのね。きっとそんなことだろうと思って、知らせに来て上げたのよ。階下《した》の掲示板に発表が出ているから、自分の眼で見てごらんなさいよ」

寮母はがちゃんと扉をしめ、ぱたぱた草履の音をたてて、階段をおりて行った。

追うようにして、正介も階段をおりた。階段をおりて廊下が直角になった所、つまり玄関の土間から廊下に上った所に一平方米《メートル》足らずの黒板がかかっていた。

その黒板の中央に赤い罫紙の洋紙が押ピンで張ってあるのが見えた。

定期転室
総務部長ノ決裁ヲ経テ左記ノ如ク定期転室ヲ行フ。転室ハ本日夕食後一斉ニ実施アリタシ
二月××日
寮長　小島義夫
寮員各位

そして一室から二十四室まで順を追って約五十名の氏名が発表してあった。正介は居候だからどうしてあるだろうかと訝りながら見ると、二十四号室の下に松本光俊と二人並べて記入してあった。

「ね、本当でしょう。今朝、寮長が出勤前に、はって行ったんです」

と、寮母室から出て来た寮母が言った。

「ほんとだね。松本君は留守なんだが、困ったことになったなあ。二十四号室って、三階のどの辺かなあ」

と正介は呟くように言った。

「見て来てごらんなさいよ。百聞は一見に如かず、と言いますもの」

と寮母が言った。

正介は三階に上って行った。二十四号室は便所の隣の孤立したような部屋だった。扉が少しあいていたので、のぞいてみると、中には何も荷物のない空室だった。北に面した窓に雪が累積して、陰気な空気が正介の肌を痛いほど刺した。こんな部屋で一晩でもねたらまた病気のやり直しをするのに違いなかった。

正介はもう一度一階におりると、掲示板の横にかかっている電話機をつかんだ。公社をよび出し、弘報課の千馬につないでもらった。

「千馬君ですね。ぼく木川です。昨日はどうもありがとう。いやいや、結構着られますよ。ところで、今日、独身寮の寮員の転室の発表がありましてね。松本君とぼくは、三階のとてつもない寒い部屋に追っぱらわれることになったんです。そうですね、トキワホテルのあの部屋よりもっとひどいでしょうね。ちょっと比較はむつかしいですけれど。それでですね。あなたの好意に甘えるのは虫がよすぎますが、暫くの間あなたのお宅においで下さいませんか。いや、いや、金君にはもう来て貰わなくて結構です。では、今日の夕方ごろまでには参ります。どうぞよろしく。

それから、もし、もし、例のジャムズ、鶴立方面出張ですね。あれを、防寒具も揃ったことだし、この機会に決行したいと思いますから、手続きをとってくださいませんか。そうですなあ。期間は一ヶ月ぐらいがいいですね。はあ、はあ。ではこの方もどうぞよろしく」

電話を切ると、寮母が赤ら顔を一層赤くして、寮母室から出てきて、

「木川さん、長い電話でしたねえ。それでこの寮を出るんですか」

とせき込んできいた。

「出ることにしたよ。千馬君のところへ行くんだ。もう大分前から千馬君がそんな話をしてくれていたんだ。今日の今日、突発した話ではないんだ」

と正介が一応ほっとして言うと、

「あたし、何だか胸がどきどきするわ。まあ、こちらにお入りなさいよ。お茶をいれますわ」

と寮母が誘った。

正介は玄関わきの寮母室に入った。寮母室は四畳半だった。部屋の中程に電熱器を利用した炬燵があって、寮母が入れというので、正介は入った。

すると、畳の上で積木ごっこをして遊んでいた男の子が、積木をやめて、正介の首にすがりついた。

「およしなさいよ。勇ちゃん」

と、寮母が子供を叱った。が、子供は手をはなさなかった。

「そう、そう、小父さんは勇ちゃんに、昨日、お土産を買って来たんだが、すっかり忘れていたよ。今、とって来るからね」

正介は二階に上った。

昨日、松本が日本に立って以来ずっと借用していた防寒外套を松本の帽子掛に返して、粗製品ながら自分のものになった防寒用具を身につけて地下室酒場に行った帰り、天理教の近くまでくると、アーメン、アーメンと叫んでいる声がきこえた。天理教とアーメンは妙な取り合せだと思いながら近づいてみると、十二三歳になる女の子が首に木箱をぶらさげて、闇飴を売っていたのだ。

「いくらかね」と正介がたどたどしい中国語できくと、

「一個一円」と女の子が言った。

「よし、では五円くれ」

と、正介は即座に言った。

アーメンという語呂にひかれたのだが、歯の悪い正介は飴は苦手だった。寮母の子供にやることにしていたのだ。

外套のポケットをさがして、寮母室に戻ると、寮母は炬燵の中の電熱器にかけてあった薬罐をとり出して、お茶をいれているところだった。

「そら、坊や」

正介が紙袋を男の子に差し出すと、

「すみませんわね。そんないいものを頂いたんだから、おとなしくしなければいけませんよ」

と寮母が言った。

「それはそうと小母さん、あの寮長の小島義夫という男は何課にいるかね」

と正介は炬燵に足をいれてきいた。

「会計課ですよ。あの男、わるいんです。寮の石炭のピンハネをしているんですからね。でも、誰にも言わないでね」

「言やアせんよ。ぼくは今日限り縁がきれるんだから、せいせいしたよ」

「でも、あたし悲しいわ。せっかく仲よくしてくださった人と、別れるの」

寮母はいれたお茶をお盆にのせて、炬燵の上においた。

「そりゃア、僕だって全然悲しくないことはないがね。小母さんには随分御世話になったからなあ。お礼を言っておくよ。たとえば小母さんが寮母の権限を発揮して、昼間二階の電源を切ってしまったら、ぼくは悲鳴をあげるところだったよ」

「あんなの、何でもありませんよ。みんな大っぴらに使用しているんですもの。木川さんは正直だから、そう感じただけのことよ。いつだったか、あたしが奥さんからきた手紙を持って行った時、木川さん、周章てて電熱器を押入にかくそうとしたでしょう。あたし、後でひとりで笑っちゃいましたよ。こんどの転室のことだって、本当は寮長に怒鳴り込んでやればいいのよ。そうすると寮長の方が折れて出るのよ。満洲に来ている日本人って、肩をいからせているくせに、ガンと怒鳴ってやると、ぺちゃんとなるのよ。だからあたし、木川さんが電話をかけ出した時、これはてっきり、寮長に抗議を申込んだな、と思ったんだけど……」

「当てがはずれて、男をさげたかなあ」

正介は茶碗をにぎって、番茶を飲んだ。ほうじ茶の少しこげすぎたような匂いが鼻をついた。この寮にきた当座、正介は便所へ行ったりする時、若い者に出逢うと、素知らぬ顔をして、挨拶ひとつしなかった。それが松本がいなくなった頃から、突然態度が変って、その後はペコペコ頭ばかりさげていた。毎朝の皇居遙拝式に出ない言い訳かも知れなかった。男はとっくにさがっていたのだ。

「しかし、ぼくのことはこれで決着がついたが、松本君には申訳がないことになったなあ。何だかぼくが罪をつくったようで、気がとがめるなあ」

と正介が言うと、

「いいですよ。松本さんは何とかうまくやりますすよ。あの二十四号室って、去年、奈良県の農学校を出て来たばかりの人が、喉頭結核で死んだ部屋なんですよ。松本さんがタダですますもんですか。それに松本さんは今度はお嫁さんを連れてくるんでしょう。そうすると、独身寮にはいられない規則だから、どこかの社宅をもらって移って行きますよ。松本さんのことを気に病むことはありませんよ。それより、木川さんも早く奥さんをお呼びになって社宅に入った方がいいんじゃありません?」

と寮母が言った。

「御厚意はありがたいが、ぼくは女房とあまり仲がよくないんだ」

と正介が逃げると、

「だって、あんなに手紙が沢山くるじゃありませんか。仲がわるければ、来ない筈よ」

と寮母が反撃した。

「そんなことはないね。中身をみればわかるが、金のことばかり書いてあるんだ。実をいうと、ぼくは満洲に来てまだ一度も仕送りがしてないんだよ。どれ、どれ、つまらない女房の話をするより、先決問題として、引越荷物の整理でもするかなあ」

正介は炬燵から立ち上った。

荷物は来た時よりも増えていた。大変な延着だったが、チッキにして出した夜具が着いていたからであった。その夜具を蒲団袋にぎゅうぎゅう詰めにしていると、寮母が上ってきて、

「お手伝いしましょうか」

と言った。

「いや、いいよ。もうこれですんだ。意外にうまく入ったよ」

と正介が言うと、

「これ、あたしが作った変なものなんですがどうぞ……」

と帯の間から白紙にくるんだ包みを取り出して、上り框の上におき、寮母は階下におりて行った。

正介はあけてみると、それは白いガーゼで作った防寒用のマスクだった。

正介はしきりに気が急いだ。愚図愚図していて、若い寮員が一人でも帰ってきて、引越風景を見られたくなかった。かれらは今はみんな〝敵〟なのだ。まして何処へ行くのかと、一言《ひとこと》でもきかれたくなかった。

防寒帽をかぶり、防寒外套を着、防寒靴をはくと、正介は寮の表の街路に出て、流しの馬車をさがした。馬車はすぐに見つかった。手真似で馭者を寮に導き、蒲団袋を運ばせ終ると、寮

母室の扉をたたいた。

「あら、もういらっしゃるんですか」

鏡台に向ってお化粧をしていた寮母が驚いてふりかえった。

「これから行きます。いろいろと、どうも、有り難う。寮長によろしく言って下さい」

正介は改まって挨拶をした。

馬車に乗って振り返ると、寮の玄関先の石段に立って、寮母が子供をだいて、正介に手を振っているのが見えた。薄化粧した彼女は顔を皺くちゃにして、本当に泣いているかのようであった。

彼女は正介に惚れていたのではなかった。彼女は元の亭主とあまり年齢的に差のない正介に、年齢的な親近感を抱いていたのだ。亭主に離別された彼女は〝別れ〟そのものが悲しかったのだ。正介はそう解釈した。正介自身も、彼女に惚れてはいなかった。たとえ惚れたとしても、満洲の寒気にやられた正介は、肉体のそこまで萎縮して、冷凍魚なみの不能者《インポテンツ》になっていたのだ。

パッカ、パッカ、
パッカ、パッカ、
と馬車はすすんだ、雪が根雪になった白い街路を、三頭の馬は足をそろえて、パッカ、パッ

カ、パッカ、蹄の音たからかに興安街に向って進んだ。
一ヶ月の出張をとった正介が、ジャムズに着いたのは三月一日の朝だった。ジャムズで改札口に出る前、駅の構内にあるジャムズ憲兵隊と書いた看板が目にとまった。

つかつかと、扉を押して中に入ると、

「何か！」

衝立のかげの椅子に腰かけて、書類をみていた憲兵伍長が眼をつり上げた。

「ちょっとお尋ねしたいんですが、満洲第七三三部隊へ行くには、どう行ったらよろしいでしょうか」

と正介ができるだけ丁寧な言葉できくと、

「何用か？」

とあびせ返した。

「ちょっと面会に行きたいと思いますので」

「誰に面会するんだ？」

「わたしの実弟が召集で入隊しているものですから」

「階級は何か」

「一等兵ではないかと思います。一昨年秋の召集で来たのですから、多分その位だと思います」

正介が相手の御機嫌を損じないように気をくばりながら言うと、

「おッさんは、どこから来たんだ？　今の汽車で来たか？」

と憲兵がやや言葉を和《やわ》らげて言った。

「日本から参りました。わたしの母親が、わたしの弟に吊し柿を送ってやろうとしましたが、郵便局が小包を受けつけて呉れませんので、わたしが持ってきてやることになったのです」

と正介はボストン・バッグをひろげ、中から新聞紙にくるんだ吊し柿を一総《ふさ》とり出した。

去年の秋、郷里に立ち寄った時、老母は正介の渡満を知って、吊し柿を三総、弟の土産にことづけた。折角だから引き受けはしたものの、正介は渡しおおせる自信はなかった。関釜連絡船で海をわたる時、三総のうち二総は、朝鮮人の子供に呉れてしまった。が、一総だけは万一ということがあるかも知れないと思って、残しておいたのだ。

その一総を憲兵の机の上におくと、憲兵はそのカチカチになった赤黒い吊し柿に眼をとめていたが、

「こちらに来られい」

痰がつまったような声で言って、自分が先に立って、プラットホームに出た。腰につるした

剣がガチャガチャ鳴った。何をするのだろうかと思いながら後を追うと、二十歩ばかり歩いた時、憲兵は立ちどまって、

「この駅の建物の向うに、高い塔が見えているね。満洲第七三三部隊は、あの塔の向う側だ」

と指をさして教えてくれた。

正介は臍《へそ》のあたりがくりくりするような快感を覚えた。このジャムズに七三三部隊があるとは全然知らないのに、知ったような顔をして尋ねてやったからであった。それがピタリと当ったからであった。

ところがこうなれば正介は七三三部隊に行かねばならなかった。正介は塔を目当にして歩いた。街を出ると一面の原野で、原野には雪が一メートルも積って、風が吹いていた。風が雪を吹きちらして、雪が降っているのと同じ光景であった。吹雪が横なぐりに正介の頬を叩きつけた。

正介は道を間違えたのではないかと、何べんも不安になった。向うから兵隊が二人来たので、きいてみたが、兵隊も知らなかった。正介はますます不安になって来た。でも塔は向うに見えているのだ。見えているから、その塔までは行かなければならないのだ。ところがその塔が見えていながらなかなか近づいて来ないのだ。

ようやくのことで、塔のある所まで来た。ここまでくれば、後にひくわけには行かなかった。

背中を汗びっしょりにして、今まで歩いたのと同じ位あるいて、黒い扁平な兵舎のような建物が点在しているのを見つけた。

それはやはり兵舎であった。衛兵が門に立っていたので、正介はきいてみた。ところが門衛兵は七三三部隊はどこにあるか知らないというのだ。

門札でも出しておけば分りは早いのだが、それが出ていないのだ。しらみつぶしに歩いて五つばかり兵舎を廻った時、それは多分この裏だろうと教えられた。それでも更に三四町あるいて、黒煉瓦の営門をさがし当てた。

「あの、ちょっと伺いますが、満洲第七三三部隊はこちらでしょうか」

と番兵にきいて、

「そうです」と言われた時には、正介はほっとするどころか、一度にどっとその場にへたり込んでしまいたいほどだった。

番兵が入門を許可した。正介は指令どおり少し奥に見える番兵小屋に行き、

「ちょっと、木川彦三に面会させて戴きたいのですが、わたしは彦三の兄に当るものです」

喘ぎ喘ぎ申し入れると、番兵小屋のストーブをかこんで輪になっていた数人の兵隊が、へえぇ、というような呆れた顔をして正介を見つめた。

「どちらから見えたんですか」

二分ぐらいたってから中の一人が口をきいた。

「内地からです」

と返事をすると、へええ、と数人の兵隊が一せいに嘆声をもらした。

どうやらこの兵営の兵隊たちは、〝面会〟というものが軍隊にあるのを、絶えて久しく忘れていたかのようであった。感心したような羨望したような顔つきで、兵隊たちは木川彦三なる人物を話題にのぼせた。話題の中心は、お前知っているか、わしは知らん、わしも知らん、という簡単なものであった。誰も知らないとなると、彦三はすでにどこかへ配属替えになっているのかも知れなかった。正介はとんだ所で不安がきざした。

「階級は何ですか」

と一人の兵隊がきいた。

「さあ、それが分らないんです。一昨年の召集で来た三十五六歳の瘦せ形の男です」

と正介が答えると、

「幹候じゃないかな」

と、一人の兵隊が横から言った。

「さあ、それも分らないんですが」

と、正介が答えると、その時、

「おい、お前たちはくだらない小田原評定をして何の役に立つんだ。さっさと事務室に電話をかけて見ろ。〇〇一等兵かけろ」

と、少しはなれた細長い机の上で日記のようなものを書いていた下士官が、叱りつけるように命じた。

電話はすぐに通じた。〇〇一等兵が事務室と話をするのを聞きながら、彦三は矢張りこの部隊に所属していることは察しがついた。が、どうやら彦三はいま、この部隊には居らず、どこかの病院に入院中であることが、おぼろ気ながら察しられた。

「二三六病院か」

下士官が、電話の終るのを待って、立って来て、一等兵にたずねた。

「ハ、二三六病院であります」

「病気は何か」

「肺浸潤であります」

「フーン、やっぱしそうか。あの男だ。あの上等兵は去年も一度入院していた筈だ。また入っとるか」

と下士官は独り言のように呟いて、それから正介の方に向き直り、

「なあに、心配することはありませんよ。兵隊には有り勝ちなことです。病院はついそこなん

ですがね」

と、わざわざ門の所まで出て来て、道順を教えてくれた。

営舎から二三六病院は三四町の距離だった。その番小屋は兵隊が一人だけいたので、正介は兵舎の時と同じようにして木川彦三に面会を申し込むと、その兵隊が面会簿に記載事項を記入して、しばらくその腰掛に腰かけて待っているように言った。

で、正介は木の腰掛に腰をおろした。が、兵隊はなかなか病院内と連絡をとろうとはしなかった。馬鹿なのか、利口なのか、見当もつかぬ顔で、あとは机の前に腰をかけて、番小屋の外の雪景色を見ているだけなのである。少しは日本の空襲の有様でも聴きそうなものだがと、思っても、聴こうともしないのである。

しびれがきれた正介は、兵隊のやつ、すっかり胴忘れしたのではないかと思って、

「あの、もし、それで、木川彦三に面会したいのですが」

とおそるおそるもう一度言うと、

「おっさん、それが、兵隊方《かた》は、規則がやかましいんじゃ、面会は十二時半から十三時までに決っているんじゃ」

とバカのような顔をして言った。

正介はもう野暮なことは言うまいと思った。この兵隊だって、何も好きこのんでこんな辺土

へ来ているのではないのだ。阿呆らしいことだから、自らすすんでバカになっているのだ。空襲のことだって、聴けば男泣きに泣き出すかも知れないから、眼を横にふって、雪景色を見ているのだ。こう解釈した正介は、それでも自分が午前中に来たのが、仕合せだったような気がした。

柱時計が十二時をうった。正介はあと三十分だと力んだ。すると、十二時二十分になった時、

「おっさん、もうえかろう。行って見い」

と兵隊が面会用の紙ギレを呉れた。

案内はして呉れないので、正介は行きあたりばったり病室を探して入って行くと、二十人ばかりの白衣の患者が、大テーブルに向って食事をとっている所であった。

東京を発つ前、ハガキは出しておいたので彦三が先に見つけた。正介を窓際に並んだベッドの一つに案内し、

「ちょっと、ここで待っていておくれ。いま食事を終えてくるから」

と言った。

よく待たせる所だと思った。

でも待ちながら、じゃが薯と豚肉のごった煮の割合ご馳走を食っている彦三の横顔を見ていると、彦三は嬉しそうにしているのでもなく、悲しそうにしているのでもなかった。あまり上

品でない肉親を他人に見られるのはちょっと恥かしい気がするものだが、そんな気振りも見えなかった。こいつもいい加減、さっきの番兵と同じくバカになっているのではないかと思われた。

「しかし割合に立派な病室じゃなあ。外から見ると、まるで避病院か何かのように陰気に見えるが」

と正介は、食事を終えて戻って来た彦三に、サナトリウム風に出来た病院の窓を見上げながら話しかけると、

「そうかね」と彦三は言った。

「それに、おれは、お前が入院中だときいて、どんな工合に悪いかと心配して来たが、お前は以前よりも太ったようじゃないか」

と正介が言うと、

「そうかね」

と彦三が言った。

「お前が胸にぶら下げているその勲章まがいのものは何かね。幹候とかいうもののシルシかね」

と正介が話題をかえると、

「これは、そんなもんじゃない。室長のしるしだ」

と彦三が言った。

「お前がこの病室の室長か」

と正介は少しだけほこらしい気がすると、

「わしはここでは一番の古参兵なんだよ。幹候の試験には落第したが、もし落第しなかったら、いまごろは南方に送られて、オダブツしていたろうね」

と彦三は言った。

「そうか。それはよかったなあ」

と思わず正介が大声を出すと、

「兄貴、顔の汗をふきな」

と彦三が正介に注意した。

正介は顔にさわってみると、額のあたりから、ねばっこい油のような汗が流れていた。黒いコールタールのような、死人が汗でもかいているような感触であった。ポケットからハンカチを取り出して、ゴシゴシ額の汗を削るように拭きとると、

「そのハンカチはなかなかの骨董品だなあ」

と、彦三が苦々しい顔をして言った。それもその筈で、正介のハンカチはもう二ヶ月も洗濯

したことがない、足拭き雑巾にも似た黒いやつであった。

見かねたのか、彦三が壁際の棚からズックのカバンを取って来て、中から新しい手拭を一枚取り出して正介によこした。それから別にハンカチ二枚と石鹸を一個と更に新しい靴下を三足、正介によこした。

「こんなに沢山もらっても、いいかね。お前はもういらんのか」

「まだある。それはもういらん」ときっぱり彦三が言った。

「どうして?」

「なるべく荷物は少い方がいいんだ。いつ、移動命令がおりるか知れたものではないんだ」

「そんならお前、小遣いはあるかね。なかったらやるぞ。おれはこう見えても今日は持っているんだぞ」

正介が胸のポケットの上を叩いてみせると、

「いらん」

と彦三がきっぱり言った。

「どうして?」

「使うことがないんだ。こんな所で、買うものは一つもない。兵隊の給料さえ、残って困る程なんだ」

「そうか。じゃア、こいつだけは受けとってくれ。日本をたつ時、是非お前に渡してくれるようにお袋からあずかって来たものなんだ」

正介はベッドの上にボストン・バッグを上げ、中をごそごそかき廻して、吊し柿を一総《ふさ》取り出すと、彦三がはじめてにっこりと笑った。

「お袋の手製品だからね。食べてやってくれ。実は三総あずかって来たんだが、二総はおれが勝手になくしてしまったんだ。でも一総だけはよくも残しておいたもんだと、われながら感心しているんだ」

と正介が言うと、

「さっそく、お礼状を出しておこう。お袋も銃後で難儀をしとるだろう」

と彦三は言った。

「それから、わしの病気はなんでもないんだ。軍隊というところは規則がやかましくて、わしがこんな風に、ちょっと風邪をひいて入院しても、一ヶ月間は絶対に退院することができないんだ」

と彦三は言った。

「そりゃア、いい規則だなあ。おや、ブザーが鳴っている。じゃア、おれは行くからね。まア、元気でやれ。こうでも言うよりほか、言いようがないものなあ」

と正介はベッドの端から、腰をはずした。

不完全な面会ではあったが、稀少価値に満足して正介は帰途についた。帰りは行きよりも、時間がかかって、正介がジャムズの街に辿りついたのはその日ももう暮れかけようとする時刻であった。

正介は駅前の旅館に宿をもとめた。当地では先ず一流の旅館と覚しき構えで、ベッドつきの洋室に通されたが、電燈がついていなかった。天井を仰ぐと、笠はあっても電球が見えなかった。

「ねえさん、電球がないねえ。持って来てくれ」

というと、

「電球はみなさんに御持参して戴いております」

と女中が言った。

「どうしてかね。旅館にはないのかね」

というと、

「はあ、もとはあったのですけれど、お客さんにかっぱらって行かれて、無くなってしまったんですよ」

と女中が言った。

侘しい限りだった。暗がりに出された食事を、半分も食べないで正介は飲みに出た。

翌日、正介は公社のジャムズ出張所を訪ねた。千馬が、わが社が北満で行っている農地造成工事は世界的に有名なものだから、これだけは是非見学しておくように勧めてくれたからであった。寒中工事だから春になって、氷が解けると、来年の冬までは工事が中止になるから、見るなら今のうちだと言った。

正介は農地造成に興味はなかった。技術的な知識は、ゼロに等しかった。でも旅費の手前、松花江《しようかこう》の河岸にある日本の農協をいくらか大きくしたような赤煉瓦造りの出張所を訪ねると、特定の受付係はいないようであった。ストーブをかこんで七八人の社員が暖をとっていたので、そのそばに行き、

「所《ところ》工事課長はいらっしゃいましょうか」と言うと、

「わしが所です」

と一人の作業服を着た男が椅子から立ち上った。

「ぼくは本社の弘報の嘱託ですが、御当地の寒中工事の模様を見学したいと思って参りました」

と正介は千馬の紹介状に名刺をそえて差し出すと、

「ああ、そうですか。それは、それは……」

課長は紹介状にざっと眼を通して、

「ちょっとここで、お待ちになっていてください」

と何処かへ去って行った。

正介は立ったまま、ストーブに手をかざしたが、何ともかんとも言えず、手持無沙汰だった。一人の男が椅子を持って来てくれた。正介は椅子に腰をおろした。が、腰はおろしても、何ともかんとも言えず、手持無沙汰だった。縦から見ても横から見ても、自分はいらない人間のように思えた。

十五分くらい待った時、課長が防寒服に身をかためて戻って来て、

「では、ご案内しましょう」

と先に立って歩き出した。

年齢《とし》は千馬と同じ位の三十五六歳というところであった。ヒゲの濃い、背の高くないずんぐりした体格で、朴訥な男のように見えた。

裏庭に出ると、トラックが並んだ中に、一台のボロ自動車が見えた。

「たいへんなガタガタですが、ま、ごかんべんしてください」

と工事課長が言った。

正介が課長と並んで自動車にのると、自動車はすぐに松花江に出た。氷が一面に張りつめた河の上を自動車は渡り始めた。河のはるか対岸にロシヤと思わせるような蕭条《しょうじょう》とした風景が見えた。眼をおとすと、河に張りつめた氷が、波形に凍っているのが見えた。

「氷が波の形そのままの姿で凍っていますね。面白いもんですなあ」

と正介が感想をもらすと、

「えらいもんでしょう。この河の水は冬になり初めに、がたッと一ぺんに凍ったんですからね。一晩のうちにというよりも、一晩のうちの或る瞬間、がたッと凍ったので、こういう形を取っているんですよ。わしも、氷というものは徐々に凍るものとばかり思っていたので、最初は驚きましたなあ」

と所課長が言った。

「なるほど。これでは波のやつもさぞ驚いたことでしょうね。あいつは元来動くことを楽しみにしている性質があるのに、こうガンジガラメに固定されては、刑務所にでも入れられたような窮屈な気分でいることでしょうね」

と正介がセンチメンタルな感想をのべると、

「さあ、そいつは、どうだか」

と課長がヒゲの濃い口辺に微笑をうかべた。

「ところでこの自動車は随分迂回しているようですね。何かやはり、氷の厚い部分を選んで走っているのですか」

と正介が質問すると、

「いや、別にそういう訳ではありません。最初に走った車の通った跡を次の車が真似をして通るんです。そうして次の車がまた真似をしているうちにひとりでに道が出来てしまうんです。だから、毎年、この道は違うところに出来ます」

と課長が説明した。

「そうしますと、この道は、毎年、こんな風に曲りくねって出来ますか」

「ええ、まっすぐに直線でついたことはありません。非能率といわれれば、それまでの話ですが、毎年曲って出来ます」

「なるほどねえ。面白いもんですなあ」

と正介が感心した時、自動車が対岸に乗り上げた。

自動車は人家のない白一色の曠野をどんどん進んだ。ボロ自動車でも、昨日テクで兵舎へ行った時の苦労にくらべれば、雲泥の快感だった。

「話は変りますが、課長さんのお名前の〝所〟というのは珍しい苗字ですねえ。失礼ですがお国はどちらですか」

と正介がきくと、

「沖縄です。沖縄には、碇だとか、祈だとか渉だとか一字の苗字が沢山あります。わしは沖縄の中学から熊本の高工に上りましたが、同級生が面白がってトコロテンという渾名《あだな》をつけられましたよ。別に腹は立ちませんでしたけれど」

と課長が言った。

「で、沖縄はどちらですか」

と正介は畳みかけてきいた。

「那覇から三里ばかりはなれた農村です」

「ほう。那覇の御近所ですか。実は僕の二番目の弟が召集で那覇に行って居るんです。暁部隊という部隊で、電信係の兵隊をやっているらしいんです。尤もう数ヶ月、便りがありませんから、どこかへ移動したかも知れませんけれど」

と正介が言うと、

「その最後のお便りというのは、何時頃でしたか」

と課長はせき込んできいた。

「さあ、去年の十月頃だったと思います」

「実はわしのところも、その時分から、家内と音信不通になって居るんです。そう言っては話が先走りましたが、わしは去年の六月、家内と子供を郷里へ帰したんです。わしの母親が病気になったもんですから、看病に帰したんですが、やはり、去年の十月頃から、手紙のやりとりが不能になったんです。手紙も手紙ですが、生活費を送ってやろうと思っても、金が送れなくなったんです。木川さんは内地からお出《いで》になったそうですが、沖縄方面がどういう風になっているのか、お耳にはさまれたようなことはありませんか」

「いや、ありません。しかし、金は郵便局の普通為替が駄目でしたら、電報局から電信為替にして送るという方法もあるのではありませんか。電信は船に積むものではないから、海に沈む危険性もないと思いますが」

「いや、いや。その電報為替が、全然、駄目なんです。理由はどうしてかときいても、理由はわれわれには判らんというだけなんです」

間もなく自動車が曠野の真ん中に停った。五六里、或いはもっと走ったのかも知れなかった。向うの方に人家があるのか、煙が数条上っているのが見えた。

自動車からおりると、

「また出たな！　狼のやつ」

と課長は独り言を言って、舌打ちをした。雪の上に雪をひっかき廻したような跡が見えた。夜中に狼がふざけっこをした跡のようであった。

課長は黙って歩き出した。ずんぐりした体格なのに、恐ろしく早い足だった。ちょこちょこ、小股に歩くのだが、それがバカに早いのだ。正介は何べんも、もう少しゆっくり歩いて呉れるように申し入れた。すると課長は足をゆるめるが、直ぐまた、もとの速さに戻るのだった。が、それほど遠方まで行かない時、太い茎の枯葦が生い茂った叢の向うに、黒い人間の影が見えた。近よって行くと、満人の労働者が二人、線路工夫の使う鶴嘴《つるはし》のようなもので、凍てついた土を掘り起しているのであった。

「こういう工合にして、寒中工事をやって居ります」

と課長が振り返って言った。

「この辺一帯は、ものすごい泥沼地帯なので、春から秋にかけては、とても人間が入れたものではありません。ですから、こういう工合にして、冬期間、泥沼が凍結している間を利用して、土をほり起す工事をやっております。いま御覧のあの穴は、あれが排水溝になるのですが、排水ができれば、自然に泥沼の水がひきますから、この泥沼地帯一帯が、米の作れる水田に変貌する、と、こういう構想でやっております」

正介は意外だった。世界で有数な寒中工事というのだから、広い原野の中に高い鉄柱のようなものが林立し、モーターのようなものが耳をつんざく轟音を立て、クレーンのようなものが空中に飛翔交錯する図を脳裡に描いていたからであった。

「それで、現在、工事はこの二人だけでやっているんですか」

と正介はたずねた。

「いや、いや。もっとおります。ほかの者は今、合宿で休息をとっているようです。その方も、これからご案内いたします」

と課長は歩き出した。

課長が氷の坂をのぼった。坂の上は丘で煙の出ている合宿所が見えた。

一階のない、地下室だけの、地上すれすれにトタン屋根をふいた合宿所だった。

段々をおりて行くと、地下室には古風なランプがともって、三十人ばかりの苦力《クーリー》が各自のベッドにねそべっているのが見えた。ねそべっていないものは通路に出て、サイコロを振って博打に余念がなかった。

ベッドからおりて来て、苦力の一人が何か課長に言い出した。それにつづいて、五六人の苦力が出て来て、一緒になって何か言い出した。何か抗議しているらしかったが、正介には分らなかった。

ふと、正介は、立派な毛皮の敷物が眼にとまった。虎の皮のようであった。するとほかにも、虎の皮とは違うが、何か立派な動物の毛皮をベッドに敷いてあるのが、三つも四つも目にとまった。さては、苦力たち、家も女房もないが、一枚の毛皮に命を託して、女房のごとくに愛しているのではないかと思えた。

外に出ると、見学の終った正介は、自動車のおいてある方に向って歩きながら、課長にきいた。

「さっき、苦力が、何かがやがや言っていましたねえ。あれは何を言っていたんですか」

すると課長は答えた。

「防寒用具の配給をもっと早くしてくれ、と言っていたんです。防寒靴に穴があいては仕事も出来んではないか、仕事ができなければ飯が食えんではないかと、訴えていたんです」

「なるほどねえ。それで、賃銀の方はどんな支払方法になっているんですか」

「賃銀は実労になっております。つまり、一平方米《メートル》掘ればいくら、という方法でやっております。だから彼等にとっては仕事はやり得《どく》ということになるのですが、生憎なことに本社がなかなか防寒具の配給を送って来ないのです。実はわしらも仲に立つ立場で、非常に困っておるんです。本社から見えられた方にこんなことを申しては、失礼かも知れませんけれど」

と課長が言った。

「いや、いや。本社といっても、ぼくは嘱託ですからね。しかし実際、それはお困りのことでしょうなあ」

と正介はあわてて言った。

その日の夕方、正介は鶴立についた。鶴立はジャムズから北に向って、駅の数にして三つ目だった。汽車は一日に二本しかなかった。夕方六時頃に到着することが出来た。

一見しただけでも淋しい町で、駅長にきくと、日本宿屋は一軒しかないということで、正介はその宿屋に泊るしかなかった。

若葉館というので、下宿屋の名前のような感じがしたが、行ってみると内容も東京の三流どころの下宿屋なみだった。

着いた時、廊下のところどころにある窪みで、火をたいているのが見えた。ちょっと異様だったが、それは壁ペチカに火を入れているのだとすぐに分った。

十八九になる素人くさい女中が、四畳半に案内してくれた。

「ねえさん、あんたはこの家の娘さんかね」

と正介は最初にきいた。

「いいえ。娘ではありません。わたしは親類の女中です。いま廊下でペチカを焚いているのが娘さんです」

と女の子が言った。

「国はどこ？」

「四国の愛媛県です」

「では、ここの主人も愛媛県なんだね」

「ええ。でもいま、四国に帰っております。ことしの正月頃から、ずうッと……。おかみさんが電報をうったりしているんですけど、なかなか戻らないんです」

「切符を買うのがむつかしいからなあ。それに向うは暖いもの。ところで僕は少し長逗留したいと思うんだが、構わないかね」

と正介が言うと、

「どうぞ……。外食券は持っていらっしゃるんでしょう」

と女中が言った。

「持っているとも」

正介はボストン・バッグをかき廻し、外食券をつかみ出して、女中の前に差し出した。

女中は丹念に外食券を一枚一枚かぞえていたが、

「では、たしかに二十九日分、おあずかりしました」

ときっぱり言って、部屋を出て行った。

出足はまずまず上々だった。天井からぶらさがった電燈に、電球が灯をともしているので、余計にそんな風に思えた。

翌日、正介は県庁に村田を訪ねた。訪ねる途中、鶴立の在郷軍人が幾組も、雪の中を駈足しているのに出逢った。どこまで行っても低い軒の並んだ街で、二階というものは一軒もなかった。県庁はどうであろうかと、石の門の所まで来ると、県庁も一階建ての平家だった。門から玄関までの間の中庭で、木銃をかまえた在郷軍人が、えい、やあ、えい、やあ、と首を突く練習をしているのが見えた。

受付できいて、正介は企画室というのをさがした。探しあてると、企画室は開拓課長室に同居しているのがわかった。扉を押して中にはいると、村田が一人、ストーブの前に椅子を引き寄せて、新聞を読んでいるのが見えた。

「やあ」

と正介が声をかけると、

「やあ、来たか」

と、村田が顔をあげて笑って、「いつ来たんだ?」

「昨夜きたよ」

「どこに泊ってるんだい」

「若葉館というのさ。わりかし気に入ったので、二十九日間逗留することに決めたよ」

「へえ。風呂はある?」

「風呂は壊れていてないがね。いま、館主が四国に帰省中で、帰り次第修理をするそうだ」

「ふうん。それでは、当分お相伴は無理だね。この方はどうだ？」

「この方は、晩酌を二本つけるそうだ」

「毎晩かね」

「ムロン、そうだよ。時には飲まないお客さんが泊るから、その時は三本でも四本でもつけてくれるそうだ」

「うまい所にはまり込んだなあ。おれも行きたくなったよ」

「そういう君は、今、どこにいるんだ」

「おれは、院長室に泊めてもらっているがね」

「院長室？」

「そうだよ。県病院の院長が出征して、院長室があいたので、そこにもぐり込んでいるんだよ」

ストーブ会談をしている所へ、やさ男の開拓課長が入って来た。来客ではないことが、入り方でわかった。

「ああ、天地君、ちょっと紹介しよう。これがこの間から話しておいた木川正介だ。こちらは天地開拓課長」

と村田が椅子から立ち上った。

正介と天地がカタの如く、頭をかがめ合って挨拶がすむと、

「宿は若葉館ですか」と天地が先に言った。そうだと答えると、

「おそらくあそこでは、便所の光景にびっくりなさったでしょう。冬の初めからお客のしたものが山のように溜っていますからね。実は私も東京から転任して来た時、あそこに泊ったんですよ。そうした所、女房のやつが、さめざめと泣き出しましてね。そういう思い出があるんですよ。その女房のやつ、この頃ではもう東京なんぞへは帰りたくないと言っているんですから、妙なもんですよ」

天地はしゃべりながら、急がしそうに衝立から防寒用具をとって、外出の用意にとりかかった。

「今日の入植は、何県かね」

と村田が天地にきいた。

「石川県だよ。石川県の米の統制で廃業した米屋さんのグループだよ。来る時、船が山口県の仙崎というところから出て、その船が朝鮮の西海岸の妙なところに着いたそうだ。心細いのと寒いのと両方で、ちぢみ上っているから、ぼくも一緒に村まで送って元気をつけてやろうかと思うんだ。……じゃ、また」

天地は正介にも挨拶して、室を出て行った。

「感じのいい人だね。ちっとも役人くさい匂いのしない……」

と正介は村田に言った。

「あの男、東京外語のフランス語科の出身なんだよ。昭和五年か六年の就職難時代に学校を出て、農林省にまぎれ込んだのが、あの男の人生出発なんだそうだ。妙なものでね、その男がこんどはこのおれを、こんな所にまぎれ込ませて呉れたんだからなあ」

と村田はストーブの火落しの金具を靴の先でごとごと揺《ゆす》った。

「それで君はこの企画室でどんな仕事をしているの？　やはり開拓事業に関係があるの？」

と正介はきいた。

「開拓には関係ないね。教えてやろうか。ハ、ハ、ハ、ハ」

と村田が笑い出した。

「ハ、ハ、ハ、って何だい？」と正介も笑い出すと、

「つまりだね。おれは本を集めているんだ。この県庁にはまだ図書館というものがないから、その盲点をねらって、役人の文化向上のために図書館を作ろうという企画ができたんだ」

「ほう、ほう。なるほど」

「バカに感心するなあ。ところでちっとも本が集まらないのだ。それでも赴任以来、十五六冊

は集めたがね」

「そうすると、君が赴任したのが十一月として、十一、十二、一、二、と四ヶ月か。その四ヶ月でもって、十六を割ると、月平均四冊ということになるね」

「そういうことになる。まあ、呑気にやるさ」

村田は椅子から立ち上って、室の壁にかかっている電話機のハンドルを握った。ハンドルをぐるぐる廻して、秋田書店という本屋に通話を申し込んだ。

電話はすぐに通じて、次のような会話がきこえた。

「もし、もし、秋田さんですね。寒いですなあ。三月だというのに。ぼくの下宿ではまだインキが凍りますよ。いや、いや。そうはいきません。ところでまだ荷物は入らないですか。え?当分見込みなしですって。そいつは困りますなあ。でも、もし入荷したらお願いしますよ。ええ、ええ、どんな本でもかまいません。本でさえあれば、文句は言いません。……じゃあ、さようなら」

電話をかけ終った村田は、何か上気したような面持だった。一日に一ぺん、本屋に電話をかけるのが村田の仕事で、その時はちょっと昂奮状態になるのかも知れなかった。

「今日も駄目だ。おい、少し時間が早いが、一杯やりに行こうか。満人料理で、お前さんの歓迎会をしよう」

と村田はもう椅子にはかけないで、外出の用意をはじめた。

あくる日から正介は、また、バカの一つ覚えのような日課がはじまった。若葉館で眼をさますのは十時頃で、朝飯を食べると県庁へ出かけて行くのだ。県庁は何と言っても煖房に金をかけているから、ゴクラクなのだ。ストーブに当りながら、正介は新聞をよむ。現地の新聞は無論、日本で発行する新聞も来ているのが魅力だった。報道班員の里村欣三がフィリッピンで戦死したニュースを知ったのも、三月十日の本所深川の大空襲のニュースを知ったのも、ここだった。新聞を読んだ後か前、便所へ行くのも重要な仕事のひとつだった。便秘は喘息にも神経痛にも良くはなかった。

それから、頃を見はからって、村田と一緒に飲みに出た。鶴立川の橋の袂にある土ばかりで出来たような満人料理屋の土間で、白酒で一杯やるのだ。二三時間ないし四五時間飲んで、村田は橋を渡って県立病院へ帰って行く。正介はその反対方面の若葉館へ帰って行く。

その途中、つい眼の前のシベリヤから吹いてくる風が寒いので、正介の折角のんだ酒が、あッという間にさめてしまう。

で、宿でもう一ぺん晩酌をやり直して、ペチカの部屋でねむるのだ。

暫くとろとろすると、正介は眼がさめた。昼はおとなしくしている虱のやつが活動をはじめるからだ。モゾモゾ、ゴソゴソ、虱は体を這い廻った。白くて柔かい所が好きなのか、正介の腿をめがけて集中した。痒くて仕様がないので、闇雲にひっ掻くと、赤い血がにじんで、みみず腫れができた。

正介は起き上って、虱取りをはじめる。ズボン下三枚、シャツ四枚、下から順々に見て行く。電燈の灯にかざすと、彼奴、繊維の穴をくぐって暗い方へ逃げ廻る。そいつを指でつかまえて、机の上におく。蚤のように飛んだり跳ねたりしないので、しばらく気ままに散歩させておく。二三匹たまった所で、爪先でもってパチパチッと一斉射撃をかけるのだ。それから正介は腿のみみず腫れに、白酒をひっかける。朝酒用に満人料理屋から買って来た貴重な白酒だが、アルコール分が七十度もあるので、痒さを止める効力もすごいのだ。飛び上るほど腿が痛んでだんだんに痛みがひいて行く。その痛みのひけ時を利用して、本式のねむりにおちるのだ。

虱は今日二三十四とっても、明日はまた、二三十四わいた。風呂がないので、神様が正介の健康をおもんぱかって、一日に一度は、空気浴をさしてくれるのかも知れなかった。

三月三十一日、冬期訓練の終る日、正介は予定の通り、鶴立の街をあとにした。一ヶ月の休暇をとって新京に帰る村田と一緒だった。

二人の嘱託が汽車にのって、席をしめると、

「若葉館のおやじは、帰って来たのかね」

と村田が落着いた調子で訊いた。

「いや、まだだ」

と正介も落着いた調子で言った。

「じゃア、風呂には入らずじまいか」

と村田が言った。

「とうとうね」

と正介が言った。

「三島はどうしたろう」

と村田が煙草に火をつけて言った。

「昨日、千馬から来た葉書によると、帰って来たそうだ。それから君は知らないかも知れないが、松本君と言って、独身寮におれを入れてくれたあの男がね、東京にお嫁さんをもらいに行っていたんだが、これも帰ってきたそうだ。ところが、松本君、結婚式をあげる前に、女の方が空襲にやられて、ひとりで帰って来たそうだ」

と正介は、昨夜よんだばかりのニュースを伝えた。

北満はまだ一面の雪の原野であったが、翌朝、汽車がハルピンを過ぎてしばらくすると、雪にのぞいた畑の黒い土が見えて来た。汽車がすすむにつれ、雪は消え、黒い土だけの畑が見えて来た。

新京駅で下車すると、

「おい、変なものが出ているぞ」

と村田が駅の構内にでている掲示を見つけて言った。正介が仰向いて読んでみると、

釜山経由日本行キノ乗車券ハ発売ヲ停止シマシタ　駅長

と日本文字で大書した掲示であった。

二人は駅前で別れた。

別れたが、暫く正介は、駅前にたちどまっていた。

駅前の横の寛城子行きの馬車の溜りで、村田が馬車に乗り込むまで、佇っていた。

馬車が発車してもまだ、佇っていた。

正介はこれから一先ず、千馬の家に旅装をとき、千馬の細君に虱の熱湯退治をして貰わねばならなかった。少々、言いにくい話だが、座敷に上る前、言い出さねばならなかった。そうして、洗濯物が乾いたところで、正介が、正式の宿舎として当てがわれている南新京のトキワホテルに再復帰して行くより以外、ほかに身のふり方もなさそうに思えた。

第三章　白　兎

ソ連が日本に開戦してから三日目の未明、正介は南新京のトキワホテルの二階の一室で眼を覚した。こんなに朝早く、眼がさめるなど、正介には珍しいことであった。

正介が鶴立の旅から帰って改めてこのホテルに入った時は、前にいた跛の管理人は千葉県に帰ったとのことで、管理人は朝鮮人の峯にかわっていた。峯は一階の玄関わきの一室を当てがってくれたが、しばらくすると二階の日当りの良い室にかえてくれた。

それから四ヶ月がすぎていたわけであった。その前の日、正介はいつものように朝飯をかねた昼飯を食べると、市街の中心部へ出た。タブロイド型の新聞には満洲の北、西、東、の国境線でしきりに日本軍がソ連軍を撃退しているようなことが書いてあったが、信用できたものではなかった。ホテルには、関東軍の陸軍少尉が二三十人寄宿していて、風呂や食堂であうこともあったが、この四ヶ月間、正介は一度も口をきいたことはなかった。が、その陸軍少尉たちも、この二三日間におそらくは前線に出発したのであろう、あとには二人か三人しか残っていない様子だった。

電車を関東軍司令部の前でおりて、正介は右に向った。すると憲兵隊本部の前を左に折れた道路沿いに三島課長のアパートがあった。三島は一ヶ月前に召集を食っていたから、その留守家族を見舞って見ようと思いついたのである。

ところが、そのアパートの奥に細長い玄関を入った時、

「あら、木川さん」

と先に三島の細君から声をかけられた。どぎつい光線の中から、暗い玄関に入ったので、一瞬、正介の眼はくらんでいたのである。

「おや、どうしたんです?」

正介は眼をぱちぱちさせて、痩せた身体に乳呑児をくくりつけた細君の異様なモンペ姿を見つめた。足許には薬罐が一つと、トランクが一つ、おいてあった。

「避難だそうです。十二時頃に知らせがきて二時に家の前で待ってろというんです。何でも応召家族を優先的に疎開さすとか言うことで、いま大騒ぎして支度をしたところなんです」

と細君が言った。

そこへ二階から、長女の幸ちゃんと、おばあちゃんが手をつないで降りて来た。おばあちゃ

んは、元気ものだが、この四月に京都から渡満してきたばかりだった。

「避難って、どこへ行くんですか」

と正介がきくと、

「そんなこと、何にもわからないんです。わたし、本当は行きたくないんです」

と細君が言った。

「御主人からは便りがありましたか」

「いいえ。まだ一ぺんも来ないんです。だからもし木川さんの所にハガキでも来たら、私たちが避難したってこと、知らせてやって下さいね」

「ええ。それはもちろん、お知らせしますが、応召家族といえば、千馬君の奥さんも一緒でしょうか」

「多分そうだろうと思います。社の方で、大車《ターチヨ》をやとって、応召家族を集めて廻るらしいんです」

「家財道具なんか、どうしましたか」

「どうするの、こうするのって、たった二時間では、お弁当をつくるのが、せい一ぱいでしたもの。もう何も欲しかありませんわ。もし、間にあうものがありましたら、木川さん何でもつかってください。鍵はお隣にあずけてありますから」

こんな問答をしながら、正介は玄関から煉瓦塀越しに見える憲兵隊本部の裏庭に眼を注いだ。裏庭で、憲兵が二十人ばかり、何か荷作りをしているのが見えた。軍用行李を麻縄でしばりつけたり、大きな木箱に釘を打ちつけたりしているのが見えた。ひどく忙し気でありながら声一つたてない沈黙の中でやっているのが、何かくさかった。秘密裡に逃げ支度をしているのに違いなかった。

が、その時、警戒警報のサイレンが鳴り出したので、正介は三島一家に別れを告げた。もし、空襲警報になったら、通行禁止になって、動けなくなるからであった。

太陽熱でふくれ上ったアスファルトの道路を繁華街の方に向って坂をおりて行くと、向うから国際通信社の記者の山尾常夫が前かがみになってこちらにやって来るのに出逢った。犬一匹いないような人気のない所だったが、山尾は正介に気づかなかった。

「山尾君」

と正介が声をかけると、

「あ！　さっき、逸見さんに出逢いましたよ。まだ、どこか、その辺にいる筈です」

と山尾が立ち止まって言った。

「そう。ところでどんな工合ですか。何かいい情報はありませんか」

と正介がきくと、

「いや、あと、二三日すれば、はっきりして来ると思います」

「はっきりって、どんなに？」

「何とかカタがつく筈です。おそらく、戦争がやむでしょう」

これだけものを言う時間も惜しいかのように、山尾はすたこら坂を上って行った。

繁華街の裏通りにあるアパートに、時代物作家の井本豪吉が住んでいた。ちかごろ、正介たちはここを溜り場のようにして、集まる癖がついていた。詩人の逸見、鶴立から一ヶ月の休暇をとって新京に帰ったきり、ずっと休暇をとりつづけている村田、それに若いジャーナリストの二三人が常連で、れいの地下室酒場への行き帰りに立ち寄るわけであったが、井本夫妻は子供がないせいか、人が集まるのを苦にしなかった。自分は下戸で酒は一滴も飲めないのに酒の場はすきで、どこから仕入れるのか酒も豊富だった。

地下室酒場の開業時間にはまだ間があるので、さっき山尾が言った逸見は多分井本の所に寄っているであろうと推察した正介は、井本のアパートに急いだ。

ところが、アパートの前にある小さな国民学校の運動場に沿った道を急いでいると、

「おい、木川君」

正介は名前を呼ばれて立ち止った。ふりむくと、井本が運動場にほられた防空壕の一つの入口の前に、緊張した表情で立っているのが見えた。

「いよう、昨日はどうも。それにしても今日は馬鹿に、武装が堅固じゃあないか」

正介は近づいて行きながら、ひやかすように井本の服装をながめた。井本は病弱な青い顔に鉄兜をくくりつけ、赤革の長靴、革のカバンを肩にかけ、鞘に入った刀剣を腰につるしているのであった。一見青年将校のようないでたちだが、ひどくちぐはぐな感じを与えた。

「警防団がうるさいんでね。カムフラージさ」井本は弁解するように自分の装束に顔をしかめて、「逸見が来ているよ」とあたりをはばかるように小声で言って、アパートの窓の方を指先で示した。

「奥さんは？」

「この中にいるよ」

正介は、予感が的中したような心地で、アパートの三階の一番奥の、曲り角の二間つづきの部屋へ行った。方角音痴の正介は、どうかすると、二階のこの位置の扉を叩いたり、三階の対角線の隅に行ってまごついたり、三度に二度は失敗をくり返すのが常であったが、今日は間違えないで辿り着いた。

「逸見！」

「いよう」

奥から、アル中で咽喉のかすれた逸見の声がした。

正介は靴をぬいで上ると、逸見は井本の書斎のまん中に坐り、ひとりで憤然と酒杯を重ねているところだった。

「どうかね？」と正介は小さなチャブ台をはさんで、逸見の向う側に坐った。

「ウム」

「さっき、同盟の山尾に逢ったよ。山尾の話じゃ、あと二三日すれば何とかケリがつくそうだ」

「ウム」

逸見は首を大きく縦にふった。然しそれは必ずしも同感を意味するものではなく、逸見が酒に酔った時にする癖であった。相当酔っているな、と正介が思っていると、逸見は坐ったまま、よだれを垂れ垂れ居眠りをはじめた。これも逸見が酒に酔った時にする癖であった。逸見はこうして居眠りをしながら、環状線になっている新京の市電を三回ぐらい廻り、やっと深夜の家庭に帰り着くのも、彼の日常生活における癖であった。

やむなく正介がひとりで杯を重ねていると、

「おい、木川！」と逸見が叫ぶように言って目をひらいた。「おい、木川！　おれは昨夜、四人の子供にハラの切り方を教えてやったよ。――ウム」

逸見は独り言のように言って、また目を閉じた。が、しばらくすると、また目をひらき、

「おい、木川、それでね。おれは今日は井本に日本刀を一本もらいに来ているんだ」

逸見の言葉の裏には、関東軍のやり方に対するはげしい怒りがかくされているように思えた。この数日来の関東軍のやり方ほど、人をなめた行動はなかったのである。事もあろうに、彼等は満洲が戦場化するや、彼等自身の妻子を真先に安全地帯へ避難せしめていたのである。誰も知らぬ間に、ひそかに軍用列車を仕立て、ゆったりした客車の窓にアイスクリームなども持ち込みで、はるか南方さして遁走せしめていたのである。

こういう噂がどこからともなく洩れて、全市にひろがっていた。きかされた者は最早後の祭のようなものだったが、しかしその一事は事態が想像以上に緊迫していることを語るに十分であった。無辜《むこ》の市民は、ほどこすに術なく、ただ右往左往、正介たちは一昨日も昨日も此処に集って、卑怯な軍部の行動を悲憤慷慨したのが関の山であった。

けれども、一夜が明けて今日は先ず逸見の考えが、そういう段階をのり越えて来ているのを正介は知った。

「おい、木川。そうだろう。おれは何のために、金にもならぬ詩を、二十年も書いて来たかって、いうんだ。お前はおれの気持がわかるか」

と逸見がかすれた声で言った。

「わかるよ。わかるから起きて、飲め」

しかし、逸見は目をあけなかった。かえって自分の覚悟のほどを洩らすと、一種の安心を覚えたのか、チャブ台の上にうつぶせになり、かすかな鼾《いびき》をたてはじめた。

正介は逸見の四人の子供のうち、一番大きい女の子が、幼い時かかった小児麻痺がもとで、もう長年臥《ね》たきりでいるのを知っていた。その子供について、かつて一度も逸見が愚痴を言うのを正介はきいたことがなかった。いや、一度だけ、夜おそく家に帰ってその子に小便をさしてやる話をしたことがあった。赤ん坊に小便をさせる時の要領で、両手を子供の腿にかけ、縁側からのぞけさしてやるのだそうであった。子供はそれをたのしみにして、毎晩逸見の帰宅を待ち侘びているのだそうであった。

しかし、正介は、逸見が酒に酔っぱらって新京の夜中を電車で三度廻るのも、何かその子供と関連があるように思われてならなかった。彼が書く片仮名のようにポキポキした難解な詩も、何かその子供と関連があるのではないかと思われた。昨夜、彼が四人の子供にハラの切り方を教えたのも、今日彼が井本に日本刀をもらいに来ているのも、やはりその子供と何か関連があるように思われてならなかった。

やがて警報が解除になって、井本夫妻が帰ってきた。するとその声に目をさました逸見は、ぱくりと目を開き、

「おい、井本。おれは今日は君に日本刀を一本もらいに来たんだ。呉れるか?」と詩人らしい

率直さできり出した。

「ああ、いいとも」

井本が鉄兜やカバンを部屋の一隅におきながら言った。

かねがね、井本は日本刀に趣味をよせていて、いつであったか正介は他の二三人と一緒に、彼の愛蔵品を見せてもらったことがあった。正介は刀剣の鑑賞眼はないけれど、素人目にも、その曰《いわ》くや素性が相当なものに思えた。越絶書にある「その色秋水の如し」とかいう文句を、文句なしに思い出させるような逸品であった。それよりも、これが一本時価何千円もするときいては、尚更たまげざるを得なかった。

然し井本は何ら躊躇の素振りも見せず、押入をあけて奥の方から黄色い袋に入った刀剣をとり出すと、子供に飴玉でも与えるように逸見の手にわたした。

「ほんとに、呉れるか」と、逸見が却ってびっくりして念をおした。

「やるよ。やると言ったらやるよ」

「ハッ、ハ、ハ」

逸見は例の枯木のような笑い声をたてながら、刀をぬいて見たり、さして見たり、しばらく満悦の態であったが、気がついたように二三杯のみなおすと、

「じゃ、ありがとう」

と、言いのこしてよろめくように部屋を出た。

「何だったら君にも一本やろうか。まだあるんだぜ」

何か空虚をみたすように、井本が言った。

「いや、おれはいらないよ」

と正介はきっぱり答えた。

正介はそれよりも、何となく村田があらわれるのが待たれた。村田が逸見と同じく四人の子供をかかえて、今日はどんな心境の変化をみせているか、それが知りたかった。けれども、電車もない辺鄙な郊外に住んでいる村田は、今日はもう出て来そうにもなかった。

そのうち、井本は防空壕の冷気がたたったらしく、持病の膵臓《すいぞう》病の発作がおきたりして、奥さんが注射したりするさわぎの中を、正介は怱々《そうそう》にして辞去した。


然し、ひとりものの正介は、そのまま宿舎へ帰る気にもなれず、久しぶりに城内へ出かけた。城内の入口の空地に、北京の天橋を連想させるごみごみした青空市場があって、正介はそこのアンペラがけの屋台で一杯やるのが好きであった。日本人街の飲食店は午後五時という時間にしばられて融通をきかせぬが、ここの市場は朝からでも平気で飲ませた。正介は真っ昼間からここへ来て、ぐらぐらするような木の腰掛に腰をかけ、異国の浮浪者の間にまじって、揚げたての卵のてんぷらなどをサカナに、ニンニクをかじりながら一杯やっていると、我が身が宙にあるかの如き心地がしたものである。事実、言葉も通じぬ異国の言葉の雑音は、シューベルトの交響楽にもひけをとらなかった。屋台の可愛い姑娘が、足ふき雑巾よりももっと黒い雑巾で、食器をふいてくれたりしても、決して汚いという気持はおきなかった。

「あんな危険な所で飲むのは、よした方がいいぜ」

と、〝満洲永住組〟から注意を受けたことも再三ではなかった。が、正介はあえて意に介さなかった。ただ、ここは闇市だから値段がはるので、そう度々は行けなかった。

なつかしい気持で、正介は青空市場まで来た。が、市場は一斉に店をしめていた。一昨々晩、一機か二機かでとんで来たロシヤの飛行機は、所もあろうに城内の満人街の一角に爆弾を落して行ったので、闇商人たちは、一せいに怖気づいているものらしかった。正介が、からっぽの市場にずらりと並んだアンペラの日よけをぼんやり見ていると、

「これ、売らないか」

と、黒い中国服を着た若い一人の満人青年が、正介の手にさげている蝙蝠傘をうばいとった。

「いくらで買う?」

「二十円」

あんまり馬鹿馬鹿しいので、正介が蝙蝠傘をうばい返そうとすると、青年は強引に傘を摑ん

で放そうとしなかった。抵抗すれば傘が破れそうなほど固く握りしめて、

「それなら、お前、いくらで売る?」

「百円」

と、正介は答えた。

そんな無茶な値段があるものか。四十円にしろ、六十円にしろ、と青年はねばったが、正介も強引に百円を固執すると、青年は百円札をおいて、にこにこしながら立ち去って行った。

その後姿を見ながら、何だかもっと高く吹っかけてやるんだった、というような気がした。けれども拍子によっては、五六十円で手放していたかも知れないというような気持もおきた。どうせ結局売るつもりで持って来たのだから、案外早く片がついて、百円まる儲けをしたような気持もおきてきた。

城内の銀座通り五馬路を、何だか身軽になったような心持で濶歩して、その次の何とか路を左に曲ると、垂れ流しの糞に銀蠅がむらがっているうす汚い胡同の左側に食料品屋「義順成」があった。千馬が発見して教えてくれた店で、闇酒がおいてあり、希望によっては店先でも飲ませた。

「今日は」

正介が店にはいって行くと、

「おお、来了、木川先生」

と亭主が迎えた。

「酒あるか」

「有、有」

正介と同じ位の年輩の義順成の亭主は愛嬌がよかった。さっそく、一杯ついでもらい、テーブルの一隅にうずくまって飲んでいると、胡同のおかみや子供達が、はだかの銭を手に握って、次から次へ買物に来た。胡同はいつもと別に変ったこともなかった。

店の土間の奥には、日本の豆腐屋を思い出させるような大きな石臼が据えてあり、その石臼で三人の小僧が粟をひいているところだった。日本の豆腐屋のように、手で廻すのではなく、臼には木の棒が十文字についていて、小僧はその棒の先を一本ずつ腹にあてがい、臼の周囲をぐるぐる歩くと、臼の方でもぐるぐる廻り出すという仕掛であった。

小僧たちは上半身を裸になって、裸からは汗がたらたら流れた。そのくせ、なんとなく呑気な、遊戯でもしているような作業ぶりを眺めていた正介は、つい声がかけたくなって、

「おい、お前たち、戦争はこわくないか」

ときいてみた。

「こわいよ」

と一人の小僧が答えた。

「こわいのに、何故、逃げないのか」

と正介はきいた。

「逃げても、同じだ」

と別の小僧が答えた。

「命はなくなっても、平気か」

と正介が重ねてきくと、

「平気没有、しかし仕方没有、ハ、ハッハ」

三人の小僧が笑い出した。

その笑い声で、正介ははっと気づいた。三人の小僧は新京生れか田舎から出て来たものかそこまでは分らないが、とにかく彼等にとってこの満洲は彼等の故国であり故郷なのであった。地べたに足のついている彼等が、正介は羨しかった。しゅんと、泣きたくなるような羨しさだった。


その義順成で水筒に一杯つめてもらった闇酒が、まだいくらか残っているのを思い出した正介は、寝床の上にあぐらをかいて、ちびり、ちびり飲みはじめた。ガラス戸の外はまだ薄暗く、宿は静まり返って物音ひとつ聞えなかった。思いなしか、何か無気味な、みんな眼はさましていながら、おし黙っているような感じだった。

正介は鏡台の前に座を移した。それは独り居を持てあました時にする正介の癖であった。鏡の中に自身の上半身を映すと、正介は自分の顔をつくづく眺めた。口をへの字に曲げてしかめ面をつくってみたり、舌を口から出したり入れたり、唇の周囲をなめ廻して見たりした。もう何日も床屋に行かない頭髪はうす汚くのびて、鬢の白髪がぴんぴん横にはねているのが目立った。

正介は鏡から眼をそらすと、鏡台の隣の形ばかりの置床の上にかかった太観と署名のはいった山水画を眺めた。その画は山の中の谷川で一人の老人が釣りをしている下手な絵であったが、これも正介が屈託した時にする癖の一つで、鏡台が正介の無聊《ぶりょう》をなぐさめてくれる刺身であるとすれば、この絵の方は、そのツマぐらい用はなしてくれるのであった。

そんな工合にして、ちびりちびり飲んでいるうち、正介はふと、日本にいる妻に手紙を書く気がおきて、ペンを握った。

拝啓
しばらくご無沙汰しました。既に新聞などで御承知のことでしょうが、満洲の事態は大変なことになりました。先便で申しましたとおり、小生は九月か十月には日本に帰る心組でいました。けれども事態がこう急変した以上は、再び日本の土がふめるかどうか分らなくなりました。小生は覚悟をきめました。どうか総ては運命とあきらめて下さい。

昨日まで地図の上で眺めていた満洲と日本との間の海は、今日は千倍も万倍も遠くひきはなされてしまったのです。昔、わにをだまして海を渡った白兎の心事を小生は想像することができます。けれども小生には今、あの白兎の智恵さえないのです。処世つたなく、財乏しく、長い間お前には苦労をかけて来ました。が、どうか小生をかんべんして下さい。そのことを思うと、小生は皮をむかれた白兎のように心が痛みます。

小生が帰らなくても、お前は決して力を落してはいけません。お前が落胆したり取り乱したりして、近所の人の笑われ者となることを小生は恐れます。どうにでも奮起して生活の道をきりひらいて下さい。さすがは正介さんの女房だと言われて下さい。母の看病も大変でしょうが、出来るだけのことを頼みます。

お前がくれた手紙は、七月一日付のものが、今のところ最終便になっています。田植のまっ最中の村の上空を、米機の編隊が飛んで、村人をおどろかしたという村の有様を心に浮べながら、小生は今これを書いています。夏夫はこの前のハガキで、お父さん、満洲の土産にはナイフ買って来て下さい、と言って来たので、ナイフは買ってあります。そのナイフを今机の上においいて、小生はこの手紙を書いているのです。

夏夫は小生が帰らなかったら肩身のせまい思いをするでしょう。けれども物は考えようで、夏夫は十歳になる今日まで、父がいたということを幸福に思って下さい。生れ落ちて父親の顔さえ知らない子供も今の世の中には沢山いるのです。大きくなったら何になりとなるがよろしい。百姓でも、大工でも、左官でもよろしい。ただどんなに時勢が変化しても士官学校や兵学校に入れてはいけません。またどんなに空威張りが出来るからといって官僚などにはしないで下さい。これは父なる小生が心からのお願いです。それからもう一つ、小生が満洲で死んだからと言って、夏夫が満洲の土をふむことのないように望みます。此処はかりそめにも木川正介の子孫の来るところではありません。

それから家の土蔵の二階の窓の下に石油箱がおいてある筈です。その中に小生とお前が結婚する前に書いた日記と、小生が若い日、人と交わした手紙の束が入っている筈です。小生はこれをお前に処分してもらいたいのです。自分ではもうどうすることも出来ないから、お前にたのむのです。お前は小生の言うことをよくきいて、誰にもそれを見せることなく、またお前も必ずそれを読むことなく、火中に投じて下さい。小生はお前を信じます。

昭和二十年八月十二日早朝　トキワホテル二十五号室にて

木川正介

木川志以殿

正介は書き終えた手紙を封筒に入れ、糊を貼った。と言って正式な糊ではなく、昨夜食べ残した食膳の、塗りのはげた黒い小さな飯ビツの底に残っていた飯粒に、唾をつけて糊の代用にしたのだったが、正介はそれで幾分気持が落着いて来た。一安心したような、ちょっと度胸が出来て来たような気持で、正介は表書きを書き終った。

するとと、丁度その時であった。一階の玄関の方から、

「木川さあん」と正介の名を呼ぶ女の甲高い声が聞えた。

「はあい」と答えて正介は大急ぎで立ち上った。

こんなに朝早く、誰から電話がかかって来たのだろう、と心の中で相手を物色しながら、下駄をひっかけ、ドアをあけると、そこへ階段の方から三人の見知らぬ青年がどやどや上って来た。

「木川さんですね」

と青年の一人が言った。

「そうです」

と答えると、

「来ましたよ、召集です。召集令状は、在郷軍人分会まで、とりに来て下さい」

三人の青年はまたどやどやと階段を下りて行った。

「おーい、召集は沢山来たのかね」

正介は階段を飛ぶように降りて行く青年の後姿によびかけた。

「沢山のなんのって、公社は総なめですたい」

九州弁で言い残して、青年は表へ消え去った。

正介は徴兵検査から四十まで二十年間、「兵役ナシ」の身分で過して来た。それが一二年前、突然「第二国民兵」に編入され、去年は東京杉並の在郷軍人分会に入会させられ、暑い夏の日に一週間もオイチニをやらされる羽目に急変したのだ。弱体の正介はその時、顔の長い陸軍少尉の分会長から、クソミソに罵られ、悪い感情を抱かずにはいられなかった。

丁度、その時分東京には疎開がはじまり、正介も疎開しようかと考えたこともあった。が、正介の故郷にも同じような分会はあることだし、昔同じ村の小学校で嬉々として戯れた同窓生の上等兵や伍長に、かりそめにも自分が悪い感情を抱くようになりはせぬかと気がかりだった。東京の何処の馬の骨ともわからぬ少尉なら我慢するとしても、なつかしい故郷の幼な友達に、悪い感情を抱くようになるのは、出来ることなら避けておきたかった。

そんな気持も底にはあって、正介は満洲へ来たのだ。

「しかし、君には、召集だけは、絶対に来ないよ」

一と月前、三島が召集で出発する時、送別会の席で三島が正介に言った。

「何故？」

と正介がたずねると、

「召集の計画予定表は前の年の十一月に連隊本部で作成されるんだ。去年の十一月、君は内地に居たんだから、こちらの予定表には入っていないんだよ」

と三島が言った。

すでに二度も召集をくらって、今度が三度目の、この古参軍曹の言うことを正介は信じた。朝令暮改の当今、あやしいもんだと思いながら信じていたのだが、やはり当らなかった。

自室に戻った正介は、すがすがしい空気が吸いたくなって、窓を開けた。下の道一つへだてた原っぱの草の中にしゃがんで悠然と糞をしている現地人の姿が目にとまった。新京では別に奇異とする風景ではなかったが、妙に色の青黒いお尻の色が印象に残った。

原っぱの向うの空地のような所で、黒い蟻のようにうごめいているのは、南新京駅の停車場に着く避難列車を待ちながら、一夜を野宿した女子供の群れに違いなかった。ひょっとしたら三島の家族や千馬の家族もいるのかも知れなかった。正介はふと妻の弟が、三年前、召集令状を受取った瞬間、脱糞したくなって便所に入ったという体験談を思い出した。

正介は脱糞の要求はなかった。

正介は一たん糊をした手紙の封をひろげて、便箋の最後の余白にこうつけ加えた。

（追伸、ついに小生にも△△が来て、第一線に出ることになった。小生に逢いたかったら、ヤス国神社に来れ。十二日午前八時）

ひどく稚拙な文字になって、我ながら別人が書いたように思えた。靖国神社の靖の字がどうしても思い出せなかった。召集直前、妻に手紙を書いたことが何か虫の知らせのようで、もう今からでは、あれだけのことさえ落着いて書けそうにもなかった。正介は体の芯がなにか孵後のようにぐったり疲れて、寝床の中にもぐり込んだ。

十時すぎ目をさました正介は、原っぱを横ぎって電車の停留所に向った。が、電車はなかなか来なかった。来たかと思うと、「故障車」の札をかかげ、運転手は疾風の如く電車をとばし、たまに止まっても現地人だけを拾って、日本人は突きおとした。昨日にくらべて、社会状勢が一変しているらしかった。一時間余り待って、正介は仕方がないので、歩くことにした。近道をすれば却って道を間違えるおそれがあるので、電車道に沿って歩いた。

やっと公社まで着いたが、公社はがらんとして受付もいなかった。コンクリート造りの暗い階段をのぼって、二階の総務課に行くと、総務課もがらんとして人の気はなかった。ただひとり、大きな戸棚のある室の隅っこの所で、れいの長十郎梨のような顔をした兵事係長が、アンダーシャツ一枚になって、机の上にひろげた地下足袋を戸棚の中にしまい込んでいるのが見えた。

正介はそのそばまで行って、

「召集令状を取りに来ました」

と声をかけると、

「？」

係長はけげんな眼つきで振り返った。

「弘報の嘱託の木川正介です。さきほど見知らぬ青年が来て知らせて呉れたんですが、或いは何かの間違いだったんでしょうか」

と正介は言った。そういうことも、この世の中には、絶対にないとは限らなかった。

「ああ、木川さん」と係長が、正介の顔を思い出したように言った。

「木川さんの召集令状は、あなたが受取りに来られなかったので、さっき宿舎のトキワホテルの方へ使いの者に持たせてやりましたよ。けさの九時には応召者全員が本社に集合して、社長の声涙共に下る激励の挨拶などあったんですが」

と係長が言った。何をぼやぼやしていたんだという調子が声にふくまれていたが、大声を出してわめいたりはしなかった。

「いや、実は僕は、電車がなかなか来ないので、徒歩でてくてくやって来たもんですから」

と正介が弁解すると、

「今日は電車には乗れません。そんな事情もありますから、とにかく早く帰って令状を受け取って下さい」

と係長はせかした。

「召集日は何時でしょうか」

「今日の十八時です。あなたの出頭場所は、児玉公園だった筈です。時間におくれると、処罰されますから、必ず間に合うように行って下さい」

正介は兵事係長がくれた地下足袋を一足、腋の下に抱えて外に出た。

それにしてもこんな大急ぎの召集を正介はかつて見たことも、聞いたこともなかった。この十年間、正介の見聞した召集は、いくら早くても二三日、ゆっくりしたのは一週間も十日も余裕があった。正介は事態が事態だから、そんなにゆっくりはさせまいが、しかし、今日の今日とは思っていなかった。いわば認識不足というやつだった。

電車道に沿ってしばらく歩くと、後から一台の大車《ターチヨ》がやって来た。大車に乗っているのは、どうやら避難の婦女子のようであった。

「おーい。おーい。たのむ。たのむ。召集が来て急いでいるんだから、おーい、たのむよ」

と手をあげて、大車の前に立ちはだかるように叫ぶと、ぴたりと大車がとまった。

どうぞ、どうぞ、と競うように言って避難の婦女子が正介のために隙をつくってくれた。正

介は大車にとび乗って、リュックや鍋やヤカンの間に座をしめ、

「どうもすみませんなあ。これで助かります。あなた達は、会社はどこの会社ですか」

ときくと、

「生必です」

と三十すぎの丸顔の婦人が言った。

「生必と言えば、僕の友人に逸見という飲助がいますが、無論、ご存じないでしょうなあ」

「ええ、知りません」

「コーキ街の社宅にいるんですが、コーキ街でも避難をはじめましたでしょうか」

「さあ。よそのことはちっとも判らないんですけれど」

「それはそうでしょうなあ。ところで失礼ですが、この大車はいくらで契約されたんですか」

「千円です」

「ほほう。千円と言えば僕の月収の三四ヶ月分に当りますなあ。これで一日五往復すれば五千円、今日一日で儲る勘定になりますなあ」

「お金のことなんか、もうどうでもよろしいわ。うちの亭主も昨日召集が来て、どこかへ行っちゃいましたよ」

馬の首につるした鈴がチャン、チャン、チャン、と気持のよい音を立てて鳴った。この暑い

真夏に綿入服を着た馭者は、人生万事は塞翁が馬とでも言いたげなのんきな顔をして、しきりに頭上で鞭をふった。その音に勢づいて、三頭の馬が、パッカ、パッカ、パッカ足並をそろえて電車道を進んだ。

おかげで思ったよりも早く、宿舎に帰れた正介は、ホテルの玄関わきの管理人室に行った。管理人室では管理人の峯と、ホテルのマダムと、一階の女中ののり子が、何かひそひそ額を集めて協議している最中であった。

正介は留守中に届いた召集令状を受取り、心臓をだして出征出立ちの酒を注文して、額の汗を掌でぬぐいながら二階に上った。

自室の畳の上にあぐらをかくと、正介は召集令状に眼を通した。いまさっき、峯が、「なあんだ、木川さん、青くなることはないよ。これ、白紙《しらがみ》じゃないか。教育召集だよ」と言った言葉を思い出しながら、眼を通した。けれど教育召集という文字はどこにも見えなかった。必携持参品として、「米三合、ビール瓶、兇器」と書いてあった。

五分もたたないうち、のり子が右手につまみものをのせたお盆をかかえ、左手に一升瓶をさげて、緊張した顔で入って来た。

「じいちゃん、冷酒《ひや》だけどカンニンしてね。そのかわり、この酒は全部飲んでもいいって。二合位欠けているけど、八合はたっぷりあるよ。マダムがとてもじいちゃんに同情しとるのよ」

と、のり子が度のきつい眼鏡を光らせながら言った。

「ありがとう。それからすまないが米三合とビール瓶を一本、もらってくれないか。ほれ、必携持参品として、ここにちゃんとこう書いてあるんだよ」

「うん。それは後で持って来てあげる。ビール瓶はアキ瓶でいいのね」

「さあ。いや、ナカミが入っても叱りはしないだろうからなあ」

正介は宿の女中たちから、「じいちゃん」「じいちゃん」と愛称されていた。すこしは軽蔑的な意味もふくまれていた。独身の少尉たちは年も若く、酒保から民間には無い物品を取って来て、どんどん女中たちにも呉れてやるからであった。いつか二階の係りの女中の美代子が年齢をきいたので、六十だよと冗談に答えてやると、「嘘、言ってら。まだ五十二か三くらいだよ」と真顔で反駁したこともあった。

のり子と入れ替りに、正介の隣室の二十六号室の、年齢がまだ二十二三の法務少尉が入ってきた。軍服ではなく、カスリの浴衣がけで、ちょっと東京などの下宿で見かける学生のような風采だった。交際はなかったから、正介は名前は知らなかった。

「すみませんが、インキがありましたら、ちょっと貸して頂けませんか」

と法務少尉が言った。法務少尉は戦争とは関係がないのか、ひどく退屈そうな様子であった。

「インキはありますよ。どうぞお使い下さい」

と正介は机の上からインキ瓶をとって少尉にわたし、

「僕はもういりませんから、お返しくださらなくても結構です。実はこんなものが僕のようなものまで来たんですが、ちょっと見て下さいませんか」

正介は召集令状を少尉にわたした。

すると、四半坪の土間に立っていた少尉は、やおら上り框に腰をおろして、令状をよみはじめた。が、容易に返事はしなかった。

「教育召集というのでしょうか」

じれったくなって正介が訊ねると、

「いや」

少尉がぽつんと言った。

「でも、この令状は白紙ですね。何か、赤紙とは性質がちがうんじゃないでしょうか」

と念をおすと、

「おんなじことですね。多分、用紙が不足だったので、白紙を使ったのだろうと思います」

と少尉は最後の判断をくだした。

少尉が出て行った時、時計を見たら二時だった。無駄な時間を空費したような気持で、正介はひとりで壮行会をはじめた。一升瓶をひきよせ、ガラスのコップに注いで、先ず一杯、ぎゅッとのみほした。すると、ぐっとやけ糞のような気持がおこって、このまま、ここに居直って、召集に応じてやるまいかという考えが浮んだ。昨日、折角城内へ行きながら、女郎屋にしけ込まなかった自分をうらんだ。女郎屋にしけ込んで、今日、ひょっこり、日が暮れてから帰って来れば総ては後の祭だったのだ。今日の朝、妻宛に書いた手紙の中の「総ては運命です」などという大悟徹底したみたいな文句も、今は屁にひとしかった。

八合の冷酒を平げて、酒の切れ目を出発の合図に、正介は宿を出た。千人針が一枚腹に巻いてあるではなかった。餞別が一封、懐に入っているわけでもなかった。そんなものが今更ほしくてたまらなくはなかったが、しかも過去十年間に正介が経験した壮行会や餞別や見送りの光景など思い起すと、ビタ一文の餞別もなく戦争に出て行くのは、まさかの時の三途の川も渡れないような気がして、神様がひどく不公平なことをするように思えた。

正介は大黒様みたいに、色のあせた青色の木綿の風呂敷を肩にかついでいた。その中には、シャツやズボンの着替えのほか、「米三合、ビール瓶、兇器」も入れてあった。もっとも、生れてこの方、兇器などという怕《こわ》いものは買ったことも持ったこともない正介は、この兇器の方は、子供の土産に買っておいた鉛筆削りのナイフで間に合せた。

南新京の停留所まで出た時、南の方から一台の電車が走って来たので、正介がものはためし、手をあげると、「回送車」と札をかけた電車が、ぴたりと留って正介をのせてくれた。一瞬、正介は自分でも嘘ではないかと疑ったが、しかしそれは本当であった。後から段々考えてみたところによれば、正介が大黒様のような袋を肩にかついでいたので、運転手も車掌も正介を満人と錯覚したものらしかった。それにもう一つ、八合の酒をのんでいた正介は、自分自身に勇気のようなものが出て、手のあげ方にも自信のほどがみなぎっていたのかも知れなかった。

電車を新京駅前におりた正介は、中央郵便局に行って、妻あての手紙を航空郵便で出した。ひょっとしたら受付を拒否されるかと思ったが、満人の事務員が無造作に受付けてくれた。

それから正介は井本のアパートに向った。うすら暗い階段をのぼって、三階の井本の部屋に着くと、

「井本君、井本君」

と声をかけて扉を叩いた。

けれども井本の部屋の扉は頑丈に鍵がかかって返事はなかった。

時間が気になる正介はエチケットも忘れて、なお七つ八つ続けさまに叩いた時、隣の部屋からアッパッパを着た婦人が半分だけ顔を出して、警戒するような眼つきで、

「井本さん、もういませんよ」

と言った。

「どこへ行ったんでしょう?」

と正介はきいた。

「井本さんは避難しましたよ。奥さんと一緒に」

と婦人が言った。

「ええ?　いつですか」

「昨夜、九時頃でしたかしら」

「どこへ行ったんでしょう?」

「奉天とか言っていましたが、はっきりは知りません」

正介は呆れて後の言葉はもう出なかった。

何か出し抜かれたような、裏切られたような気持が先に立った。どたどたとまた、階段を降った。十八歳から四十五歳までの日本男子には隣組を通じて足止めの命令が出ている筈だった。それなのに井本のやつはどんなうまい抜穴を見つけて、逃げ出したのだろう。それはまあ個人の自由として、正介は井本を通じて、自分にも召集が来た身上の変化を村田や逸見に伝えてもらいたかったのに、もうそれも出来ないと思うと、離れ小島におしやられたような孤独な思いが胸の中でとぐろを巻いた。


あくる日、八月十三日の夜明け、正介は新京市内の順天国民学校の尋常一年生の教室で眼をさました。教室の床は固く冷く、その上夜具もなく、着のみ着のまま寝かされたので、脛の神経痛が起きて、しくしく痛み出したからであった。

昨日の夕方、児玉公園に集合した時、五六百人の召集兵の中に混って、正介はすでにその兆候を覚えた。召集兵は三時間も公園の地べたに坐らされ、点呼みたいなことが行われたのであったが、正介の肉体は地べたに腰かけて休息するという健康人にはラクな姿勢が禁物であった。やむなく便所にしゃがむ時の要領で、直接尻が地べたにつかないように用心したが、それでも持病にこたえた。

九時を廻って、十時近く公園を出た。こんなに長時間待たすのは、これから軍用列車に乗せられ、前線に輸送する時間待ちだろうとうがった推察をするものもあったが、そうではなかった。正介が組入れられた百五十人ばかりの召集兵の一隊は、暗い新京の街の路地をあちこち引っ張り廻された。そして或る地点まで行くと、先頭から三四十人ずつちょんぎられて、何処かへ連れて行かれた。足の弱い正介はともすると列から落伍して、一番ビリになっていたので、一番最後にこの順天国民学校に入れられたような訳であった。着いた時はもう夜中の一時で、くたびれた召集兵が四十人ばかり、妙な唸り声をたてたり歯ぎしりしたりして寝ている姿は、教室の壁にかかった五十音や図画や書方と妙にちぐはぐな感じだった。

「召集兵。起床。ただちに学校の玄関に集合」

突然のように、教室の窓をあけて古参兵の一人が号令をくだした。

召集兵たちはねむい眼をこすりながら玄関に出た。どれもこれも四十をすぎた老兵ばかりで、下手な並び方で、でこぼこだらけに二列に並んだ。正介はこれから身体検査がはじまるのだと思った。

すると間もなく、三十四五歳の無精ひげをはやした丁度千馬ぐらいの年齢の軍曹が、エムボタンをはめながら、スリッパをぞろぞろ引きずってあらわれ、玄関の石段の上に立って、挨拶をはじめた。いまは何処にいるか分らないが、千馬も軍曹の筈だった。

「みんな、応召ご苦労。昨夜、みんながわが部隊の援護増員要員として入営したのは、すでにみんなも十分承知のことであろうが、ソ連が宣戦を布告して、事態が非常に緊迫して来たからである。ソ連軍は国境を突破して、すでに白城子を占領し、目下満洲国の首都新京を目がけて来襲中である。それで早ければ今夜、おそくとも明日中には当地に於て激戦がはじまる筈である。だから一刻の猶予もゆるしては居れんのだ。みんなは相当年はいっているが、大日本帝国の軍人として、決死の覚悟をもって奮戦してもらいたいのである。卑怯卑劣な真似をして、かりそめにも敵の捕虜になったりしないように留意して貰いたい。いずれ後刻、部隊長殿より正式の訓示がある筈だが、部隊長殿はただいま睡眠中であるから、とり敢えず自分が代ってこれだけ申し伝えておく」

それから軍曹は老兵達の列に右から左に視線をはしらせて、

「この中で身体の工合の悪いものはないか。……あったら手をあげて見ろ」

と語調をかえて言った。

正介は真っ先に手をあげた。いたずらに遅疑逡巡して、悔いを千載にのこすのは、禁物だと思った。正介は即日帰郷になりたかった。そのためには、この場でどんな赤恥をかいてもかまわないのだ。

正介が手をあげると、つづいて二人の男が手をあげた。その時は名前は知らなかったが、曽根という男と有方という男だった。

「おい、お前はどこが悪いのか」

軍曹が正介を指さして訊いた。

「僕は神経痛であります。二十年来の坐骨神経痛で、一貫匁の物を持ってもすぐに患部にこたえて、身動きが出来なくなることが度々であります。現にいまも、この腰が、しくしく痛んでおります」

と顔をしかめて答えると、

「うん、神経痛だね」

と、軍曹が言った。ひどく病気に同情しているようにも、また、軽蔑しているようにも聞えた。

「それからその次」

と軍曹が曾根を指さして言った。

「へえ。わたくしは、中耳炎であります。この左の耳が……」

と曾根が言いかけると、

「よし、中耳炎だね。それではその次」

と軍曹が有方を指して言った。

「わしは肋膜炎で閉口しております。それで……」

と有方が言いかけると、

「うん、よし」

と軍曹が有方の発言をさえぎった。

正介は、で、その次に軍曹が、今手をあげた三人のものは、こちらへ出て来い、と言うのかと思った。事態が事態だから、健康者の身体検査は省略して、手をあげた三人のものだけを軍医に診察させて、仮病か否かを判定さすのかと思った。ところが、正介の予想は完全に裏切られた。

「少々身体の工合の悪いものも、この度は働いてもらう。さきほども言ったように事態がやむを得んのだ。戦闘はいまや、十数時間後にひかえておるのだ。昨日入営した隣接部隊の中には、第三期の肺結核で、病院からまっすぐに入営して来たものもあるが、それでも働いてもらっておるような次第だ」

と、応召者全体のものに向って言った軍曹は、とんとんと石段を降りて、老兵とは別に整列していた数名の古参兵のところへ行って、何か命令をくだした。

老兵たちは、古参兵の手から、スコップ一丁ずつ渡された。それから古参兵の引率で、学校から数丁はなれた六間道路の四つ角に連れて行かれ、穴掘りを言いつけられた。前の日古参兵でもやったのか、穴のデッサンはできていた。

正介は先刻、軍曹がくだした死の宣言のようなもので、頭が一杯だった。頭の中が氷点下に凍結して、ミイラになったみたいな感覚だった。みんなもそうらしく、老兵たちはだれ一人、ものを言うものもなく、作業をはじめた。

老兵たちの子供に相当する年輩の古参兵が数名、道路から少しはなれた木の蔭に円坐して、煙草を吹かしながら、監督にあたった。

正介はスコップが重かった。仕方がなく、みんなの真似をして、泥靴でスコップを踏みつけ、土をすくった。すくった土を二三合、二間ばかり前の少し高い場所に運んだ。そういう動作を出来るだけスローに繰り返した。

するとき、いつの間に来たのか、一人の古参兵が穴の背後から、

「おい、おい、そこの眼鏡、円匙《えんぴ》ちゅうもんは、泥をすくったら、自分の位置からこう腕の力でもって、前方に放り上げるんだ。お前のように、いちいち運搬などしとって、戦争のマシャクにあうか」

と正介に注意を与えた。

「僕はね、神経痛が痛いんだ。いったい、この部隊には軍医はいないのかね。戦争のマシャクにあうかあわないかは、軍医にきめてもらいたいんだ」

と正介がむっとして応じると、

「そんな、ハイカラなものがおるか。神経痛なんか、軍隊生活を三日もすりゃ、けろりと治っちゃう」

と古参兵が言い返した。

するとその時、老兵の中の一人が、たまりかねたような口調で、

「古参兵殿、いったい、こんな穴を掘って、何にするのかね」

と横から口を出した。

「これはね、つまり、お前達の墓穴みたいなものさ」

と古参兵が言った。

「墓穴って、おれ達は此処で死ぬのかい」

「どうも、そうらしい。此処の十字路を死守して、一つでも多く敵の戦車をカクザせよという命令が出ているんだ」

「こんな溝みたいな穴で、時速何十キロの敵の戦車がへたばるかね」

「多分、へたばらんだろう。だからお前達や自分達がこの穴の両側にかくれていて、敵の戦車がやって来たとき、バクダンを抱えて飛び込むという作戦なんだ。お前達が昨日持って来たビール瓶にバクヤクを詰め込むと、あれがバクダンになるんだ」

と古参兵が言った。

「おーい、おーい」「冗談じゃねえぞ」

老兵たちの中からざわめきが起った。が、そのざわめきもすぐにとぎれた。

「小休止、新兵、小休止」

と、木蔭で休んでいた軍服兵の一人が、立ち上って号令をかけたからであった。老兵たちはスコップを地べたに叩きつけ、軍服兵とは反対側の木蔭に四散して行った。

そこは六間道路を境にして、順天公園という公園の一部だった。普段なら遊びに来る人も多いのだろうが、今日は犬の子一匹見当らず、泥柳の葉が繁り合って、露にうなだれ、ただシーンと静まり返っているだけの公園だった。正介は神経痛が痛むので、れいの便所にしゃがんだ時の姿勢で、煙草に火をつけて、やたらにぷかぷか吹かした。が、煙草の味はなかった。からからに乾いた咽喉の奥の方から、肩を大きく揺すぶって溜息が出た。溜息は後から後から、いくらでも続いた。

四十二年の生涯と、この静まり返って無気味な順天公園と何の関係があるのだろう。何にも関係などありはしなかった。ここに集っている四十人の老兵も、昨日まで誰一人として、正介と関係ある者はなかった。正介は自分の生涯の中で一度でも一緒に飯を食ったり、酒をのんだり、話をしたりしたことのある者の中で、誰か一人でいいから、今逢いたかった。いや、逢わなくてもいいから、自分が今此処にいる事を知って貰いたかった。

「お父ちゃんはね、こういう風にしてスコップを泥に突っこんで、それからこういう風にして、その泥を道の上に運んだんだ」

と、幼稚な土方人夫の真似をして、戦死する直前の有様を、妻や子に話して聞かせることが出来たら、妻や子がどんなに眼に泪《なみだ》をためて、げらげら笑うことだろう。それが出来ないから溜息が出るのだ。

「あんたは家族やなんか、どうしたかね」

不意に横から声をかけられた。振り向くと、正介と同じく今朝、病気で手を挙げた三人の中の一人の曾根だった。

曾根は左の耳のつけ根を左の手でおさえていたが、それよりも背のひょろ長い、扁平な胸が猫背に曲った体格は、誰が見ても軍隊生活に堪えられるとは思えなかった。肺病が相当なところまで進んでいるらしかった。

「僕は満洲へは旅行のつもりで来たんだ。家族はずっと東京にいたんだが、四月十四日の空襲で家が焼かれて、今は田舎に疎開しているよ」

と正介が返事をすると、

「羨しいなあ。わしも去年から家族を内地へ帰そう帰そうと思いながら、愚図愚図しているうちに、とんだことになってしまったよ」

と肺病やみ特有の声量のない声で曾根が言った。

「避難はしなかったの?」

「今朝あたり、出発したかどうか、あとのことは全然分らんよ」

「そんなら、ともかく、昨日は、奥さんと最後の別れはやったわけだ。羨しいなあ。もっとも、朝の召集で晩の集合じゃ、二人きりでしんみり、蒲団の中で睦み合うようなヒマはなかったんだろうなあ」

と正介が同情すると、

「あんた、冗談じゃないよ。わしはもう、四十五だぜ。天皇陛下と同い年なんだ。九紫火星のこの丑《うし》年生れのものは、孫が早くできるんだそうだ」

「へへえ。それは初耳だなあ。では、あんたはもう、孫があるの？　男の子かい？　女の子かい？」

「根ぼり葉ぼりきくなあ。わしは子供が、一番上が女の子だったから、そういうことになったまでだよ。ところであんた、あんたはカミソリを持っとらんかね。持っとったら、貸してもらいたいんだが」

「今、此処には持っとらんが、安全カミソリなら、ある筈だ。昨夜泊った一年生の教室の、黒板の横の掛図の下に青い風呂敷包みがおいてあるからなあ。その中に入れてあるよ。入用の時は、いつでも勝手に出して使いたまえ」

「じゃ、あんた、たのむよ」

曾根は目的を達したかのように、正介の傍を離れて行った。昨日、出かけに剃ったに違いない曾根の口ひげは、まだ少しも伸びてはいなかった。

昼少し前、これから部隊長の訓示があるからという伝令が来て、老兵たちはまた学校に戻って行った。学校の玄関の電気時計の下で、内勤というのか何というのか、軍服を着た古参兵が四五人で、山と積んだ出刃庖丁を、木銃にくくりつけているところであった。銃の代用に、新兵に配給しようというものらしかった。

そのはすかいに小使室と書いた室があった。口の中がからからの正介は、水を呑もうと思って、その小使室に入って行った。すると、

「こら、黙って入る奴があるか！」

と中の上り框に腰をかけていた軍服兵の一人が怒鳴りつけた。

「入リマス、と、こう言ってから入るんだ」

「ハイリマス」と正介は叫んだ。

「よし、入れ」と軍服兵は笑いながら言った。

すると、もう一人その横にいた軍服兵が、

「おっさん、年をとってご苦労さんやなあ。命の洗濯に、いっぱい、どや」

と言いながら、コハク色の日本酒がいっぱい入ったコップを正介の前に差し出した。思いがけぬサービスに、正介がぎゅッと一息に飲みおろすと、

「もう一杯、どや」

と、もう一杯大きな薬罐の口から注いでくれた。

新兵たちは学校の講堂に整列させられた。なかなか立派な講堂だった。古参兵も十人ばかり、新兵とは別の所に並んだ。しかし古参兵は全部で何人位いるのか、見当もつかなかった。

整列して待っていると、講堂の入口から、今朝の無精ひげの軍曹が部隊長を案内して入って来た。部隊長は長靴をはいて、腰に皮の鞘に入った刀剣を吊し、ガニ股で歩いた。威厳を示すためであろう、肩をいからせ演壇に上った。

「あいつ、階級は何だ」

老兵たちの間に囁きが起った。

「見習士官さ」「ちぇッ」「まだコドモじゃあねえか」

するとその時、講堂がわれるような大きな号令がかかった。部隊長に敬礼をせよとの号令であった。老兵たちが左を見、右を見、見様見真似で挙手の敬礼をすると、見習士官が答礼して、右の手を右の耳の所に当てて、風に吹かれるベコ人形が首を振るように、首を左から右に振った。それから見習士官は、赤い舌を出して口をなめ、演説にとりかかった。

「お前たちは……」

見習士官は開口一番、こう絶叫した。それからお前達はを絶叫しているうち、演説は終った。演説の内容は、今朝ほど軍曹がしたのと大同小異だった。要するに、早ければ今夜、おそくとも明日に予定されている戦争で、お前達は大日本帝国の軍人として、あっぱれな奮闘をせよとの主旨だった。

演説を終った見習士官は頬を紅潮させて壇をおりると、軍曹のそばに行って何か囁いた。するとプランは既に出来ていたようで、講堂の入口から二人の古参兵が一つの乳母車をおして入って来て、講堂の真中においた。

「新兵、乳母車を、注目」

無精ひげの軍曹が絶叫した。

軍曹は今朝よりも、人格指数が低下しているようであった。今朝は、エムボタンをかけながら出て来たり、口ごもるような口調で演説したり、正介は若干の親愛を抱いていたのに、がらりと人格が低下したのは、年が十五も年下でも上官の見習士官のそばにいるからのようであった。もし、軍隊というところに、上官が一人も居なければ、どんなに幸福だろうか、と正介はふと思った。

新兵たちが注目している眼の前で、一人の軍服兵はこっちを向いて、両手で鳥が立つ時のような所作をして、乳母車を前方に発車させた。が、余り力を入れすぎた為か、乳母車は右に急転回して、相手もあろうに見習士官の足許のところまで行って、がちゃんと顚覆した。

「元へ」

軍曹が顔をしかめて叫んだ。

するとその時、別の軍服兵が二人出て来て、講堂の演壇の下から入口の方に向って、二本の白い線を白墨でひいた。

乳母車の発車係の軍服兵は、前回よりも少し前方に位置をかえた。そして今度は鳥が立つ時の所作はやめて、砥石で鎌をとぐ時のような低姿勢で、乳母車をすうッとゆるやかに発車させた。乳母車はころころと無心に二本の白線の間をころんだ。と、その時入口の方から一人の別の軍服兵がまっしぐらにかけて来て、野球のランナーが塁にとび込む時の要領で、パタリと床《ゆか》の上にぶっ倒れた。と思うと、腕にかかえていたフットボールを乳母車の車輪めがけて投げつけた。その勢に乳母車がガタンとひっくり返った。

「よーし、成功」と軍曹が叫んだ。

それから軍曹は新兵の方に向き直り、

「今やったあの要領でやる。前車と後車との中間の、車体の裏側をめがけて、裏側から車体を突き上げる要領で投げる。分ったか。それでは、右翼の方から一人ずつ出て、訓練開始——」

と軍曹が命令した。

軍曹はこれは何の訓練であるか、一言も言わなかった。けれどもかくしても分ることで、乳母車が戦車で、フットボールが爆弾の模型なのであった。爆弾をかかえて、命を棒に戦車に飛び込む訓練なのであった。

訓練はすぐに開始せられた。が、骨のかたくなった老兵は、よたよた走って行ってボールを投げるが、ボールがうまく乳母車に当らなかった。一ぺん床の上にころげて、乳母車の胴体の下に投げ入れる要領がむつかしいのだ。ヘマをやるとその度に「元へ――」「もう一度、やり直し」の号令がかかった。

正介は酒がきれて来たのがわかると、ひとり列から離れた。いくら何でも、自殺の稽古が素面《しらふ》でやれたものではなかった。正介はかのサービス精神の豊かな炊事兵から、もう一杯酒をもらって、キュッとひっかけて来ようと思ったのだ。それで講堂の入口の方へ向って二三間歩くと、

「おい、こらッ」

後から誰かに呼びとめられた。振り向くと、部隊長の見習士官だった。見習士官はガニ股で正介の方に近づいて来て、

「どこへ行く」

と正介に言った。

「便所へ行く」

と正介は言った。まさか酒をもらいに行くとは言いかねた。サービス精神の豊かな炊事兵に万一迷惑がかかっては悪いと思ったからであった。

するとガニ股士官は何が気にさわったのか、

「何いッ」

と黄色い歯をむいて、右の拳をかざして、頭の上に振り上げた。言うまでもなく正介を殴ろうとしたのだ。が、正介が、殴るなら殴れと一歩前へ進み出ると、

「貴様は、軍隊を知らんな」

とがたがた震えながら、拳をもとの位置にもどした。

正介が軍隊を知る筈がなかった。今日の午前一時に入隊したばかりで、まだ身体検査もすんでいないのだ。軍靴一足、軍帽一個、まだ呉れてはいないのだ。どうせ敵の戦車の下敷にするのだから、そんなものはやっても無駄だというのか。

おお神様よ、仮初《かりそめ》にもせよ、年齢《とし》が親と子ほども違う、天皇陛下と同年輩の木川正介を殴打しようとしたチンピラ見習士官に罰よあれ。チンピラが将来嫁をもらうようなことがあったら、片腕のない子供よ生れよ、片足のない子供よ生れよ。その子にまた鬼の子よ生れよ、蛇《じゃ》の子よ生れよ。それともまたお腹《なか》にヘソのない蛙の子よ生れよ、ムカデの子よ生れよ。

便所に行って小便をしながら、正介はそう念じた。

昼食後の小休止を利用して、古参兵の指導で認識票とかいうものを書かされた。それは要するに名札で、各自は各自のハンカチや手拭をさいて、筆で名前を書き込み、洋服の左の胸に縫いつけたのである。

M三ホ　木川正介

これが正介の認識票だった。M三ホ　というのは何かと古参兵にきいたら、軍隊というところは理由などきくもんじゃないと叱られた。しかし、この認識票を胸につけていると、戦死した時、靖国神社に行けるんだと教えられた。

正介は靖国神社などへ行きたくはなかった。昨日妻に書いた手紙の余白に「小生に逢いたかったらヤス国神社へ来れ」と書き添えた事が頭に浮んだ。あれは大嘘なのだ。検閲官の眼を顧慮して、事情の一端を伝える方便にああ書いたまでで、文章の綾など解せぬ妻が、馬鹿正直に子供を連れて汽車に乗って、靖国神社でパチパチ手をたたいている光景を想像すると、胸糞が悪くなった。そんな汽車賃がある位なら、アイスキャンデイでも買って食べた方がいい。正介は前便を訂正する必要を感じて、青風呂敷の中から葉書と鉛筆を取り出すと、便所に駈け込んだ。もし葉書を書いている所を古参兵に見つけられて、ツベコベ言われたくなかったからである。

便所に行って、「女子職員用」と書いた一番奥の大便所の扉をあけると、一人の男が中腰になって、左の手で睾丸を持ち、右の手で何か動作をしているのが目にとまった。見た途端、あわてて扉をしめたが、やっぱり見てしまった。一瞬間の印象だから、顔は見えなかったが、痩せてひょろながい胴体の恰好が中耳炎の曾根に違いなかった。

正介は今朝曾根からカミソリを持って居らんかと言われた時、ふと不吉な思いが胸をかすめた。曾根は自分で自分の咽喉でも切るのではないかと思った。しかし今更ひとの自殺に文句をつける気はしなかった。戦車の下敷となって、だらだら五臓六腑をはみ出して死ぬより、頸動脈を切って死んだ方が、まだ綺麗だとさえ思われた。が、正介の不吉な想像はまんまと外れて、曾根はいま、虱退治をしているのだと分ると、他人事ながらほっとした。

「おーい。曾根くん」

と正介は隣の便所から、先刻覚えたばかりの名前をつかって呼んでみた。

「ははア。やっぱし、あんたか。ははア、はハア」

と曾根の弱い声が返って来た。

「どうかね、切れるかね」

と正介はきいた。

「ははア。切れるよ、あんた。よく切れる」

と曾根が言った。

「怪我をしないように、たのむぜ。敵の戦車には別嬪の兵隊が乗っているそうだから」

「ははア。ははア。カミソリはあとで綺麗に洗っとくからね」

「僕はもういらないよ。用がすんだら棄てるなり、持っとるなり、あんたの自由意志にまかせるよ。僕はもういらない」

と正介はきっぱり言った。

それよりも正介は自分の用事を果たさなければならなかった。急いで葉書を便所の壁にあてがい、表書きを書いたが、裏の本文を書こうとして、はたと行き詰った。先刻、思っていたことがどうしても文章にならないのだ。忘れているのではなかった。自分は死んでも靖国神社へは行かぬ、と書けばいいのだ。が、その簡単な文章がどこから手をつけてよいか分らなかった。

一字も書かないうち、

「新兵集合――」「新兵集合――」

と、呶鳴る号令が玄関の方からきこえた。

あわてた正介は、

『天の原ふりさけみれば
春日なる三笠の
山に出でし月かも』

と、葉書一杯になぐり書きをして、便所を出た。

後れて行くと、無精ひげの軍曹が、玄関の石段に立って紙をひろげ、赤鉛筆でしるしをつけながら、兵隊の名前をよみ上げている所だった。戦車飛込特攻隊の編制をつくっているのだった。正介も名前をよばれて、第四分隊特攻隊に配属された。

M三ホ　第四分隊。

分隊長、渡辺伍長。山田古参二等兵。以下新兵五名。

この七人のものが、認識票を胸につけて死守することになった場所は、午前中新兵全員で穴掘りをした十字路の、もう一つ西寄りの十字路だった。そこまで六名の隊員を引率して来ると、分隊長の渡辺伍長は、

「此処に戦車壕を作る。夕刻までに完了して、本分隊は此処で戦闘体制に入る」

と言葉少なに命令した。

そして分隊長自らスコップを握り、穴掘りにとりかかった。

皆んな黙って穴掘りを始めた。誰もものなど言うものはなかった。言ってもすぐに途切れた。聴き手が居らんのである。皆んなは、銘々で何か勝手なもの思いに沈んだ。思いに沈んで、時々スコップを地べたに突き立てて、その上に頤をのせて、消え入るような溜息をもらした。

朝は晴れていた空が午後になって曇った。

が、こういう陰気な雰囲気の中で、山田二等兵だけが段々と様子が違って来た。

分隊長を除くと、ただ一人の軍服兵である山田二等兵は、

「分隊長殿、この壕の右翼はあのままにして、左翼を五十センチ位拡げたら如何でありま

か」

　気を付け、の姿勢をとって渡辺分隊長に伺いをたてるのである。

「うむ」

　伍長はどっちだっていいような顔をして、生返事をすると、

「おい、皆んな、今、分隊長が言われたこと、分ったか。この左翼を五十センチ拡げることにしよう」

　と新兵に強制しようとするのである。

　いやなことだった。五十センチ長さを拡げれば、それだけ余計に掘らなければならなかった。軍服こそ着ていないが同じ二等兵の言うことなどきくものはなかった。みんなが露骨にいやな顔をして見せると、

「同じ二等兵でも、一日早く入隊したものの命令は、後から来たものは、服従しなければならん義務が軍隊にあるのだぞ」

　居丈高に軍隊の習慣まで説明してみせるが、一向に効目《ききめ》はなかった。完全に黙殺された。

　年の頃は三十二三、軍服の襟につけた襟章が古色蒼然、醤油で煮しめたようになっているのは、もう五年も七年も二等兵をやった証拠のようだった。長い軍隊生活をしながら、一等兵にもなれないのは、頭の愚鈍のせいもあろうが、それより他に何か軍刑法にでも引っかかるよう

なことをした曰くつきの兵隊なのかも知れなかった。入営以来、上官に叩かれたり、殴られたり、営倉にぶち込まれたり、苦労に苦労を重ねた末、彼は今やっと、曲りなりにも部下らしいものを持つことが出来たのである。

こう想像すると正介は多少同情がわいた。少々威張って見たくなるのも、自然の趨勢のような気がして、山田二等兵の横顔にちらりと憐憫の眼を注ぐと、

「おい、木川、煙草がなかったら、これをやれ。おい、こら、遠慮をするな」

と山田二等兵は胸のポケットから煙草のケースを出して、上官らしい愛嬌を示した。

「じゃ、一本、もらおうか」

と正介が煙草を引き抜いて口にくわえると、山田二等兵はいち早くマッチを取り出し、火をつけてくれた。

だんだん日が暮れて、地球の一部がどかんと凹んだような戦車壕が七分通り出来上った時、ポツリ、ポツリ雨がおちて来た。渡辺伍長の気転で、七人の特攻兵は公園の入口の四阿《あずまや》で休憩をとることになった。

言い忘れていたが、七人の特攻隊の中に、ただ一人、少年兵がまじっていた。年齢は十七八くらいで、徴兵官がどういう錯誤で召集したのか見当もつかなかった。きいて見れば分ろうが、この少年は第四分隊に配属されて以来半日、文字通り一口ももののを言わなかった。一緒に穴掘

りをしていれば、簡単な用件でもものを言う必要がおきるが、少年はひとが声をかけても返事をしなかった。そのかわりじいッと相手の顔を睨み返した。分隊長の渡辺伍長が声をかけても同じだった。

正介はこの少年が死を目前に控えて、気でも狂ったのかと思った。少年よりも二倍以上も余計に生きた老兵に対する嫉妬からこういう態度をとるのかと思った。或いは少年は、朝鮮人で日本語を解しないのかとも思われた。四阿で休憩をとりながら、正介はほんの一言でいいから、この少年兵にものを言わせてみたい衝動にかられた。

「おい、光田君」

と正介は四阿の一番隅で、煙草も吸わず、両手で頬を支えてしょんぼりしている少年兵に声をかけた。そしてゆっくりした語調でいった。

「君はどうかね。男に生れて、可愛い女と、もうあのいいことは済んだかね。ええ?」

が、正介のこころみは、やはり成功しなかった。少年はかすかな微笑さえ浮べず、その狭い額に皺をよせて、じいッと正介を睨み返しただけであった。

正介は今更失礼なことを訊いたとは思わなかった。十七や八で死んでは、この世に生れて来た甲斐はないように思われていたのだ。

すると分隊長の渡辺伍長が、横から言葉をはさんだ。

「そんな、いいことなんか、済むもんかなあ。自分なども二十一の年から兵隊にとられて、まる七年、女とあそぶ暇なんか、全然なかったんだもの。七年間大陸を引っ張り廻されて、やっと下士官になったと思うと、最後はこんな工合なんだからなあ」

渡辺伍長はこう慨嘆して、じっと恨めしそうに戦車壕の方に目を注いだ。日やけのした面長な、きりッとした、——二十八といえば、正介が妻《めと》を娶った年であった。

「ところで分隊長、いったい我々は何兵というのかね」

と一人の老兵が思いついたように言った。

「歩兵砲兵というんだ」

と渡辺伍長が答えた。

「へぇえ。ホヘイホウヘイか。それで砲はどこにあるの?」

「砲は一門、夕方までには届く筈になっているんだが、まだ来ないようだなあ。来たらあそこの、今朝みんな作業したあの十字路に据えることになっているんだ」

「へぇえ。それで、敵はどの方角からやって来るの?」

「敵はこの公園の西北方から戦車を連ねて驀進《ばくしん》して来る。それを我が部隊は公園のこの東南の位置に邀《よう》して、歩兵砲一門と、あとは肉弾戦でもって撃滅する、そういう作戦になっているんだ」

何度きいても同じであった。開いた口が永遠にふさがらないほど、滑稽なことであった。けれども、その滑稽さの中に自分自身がおかれていることほど、悲惨なことがあろうか。

「しかし、ともあれだ」

と渡辺伍長が言った。

「みんなはかなりの年輩で、その点自分は敬意を表しているんだ。だが、兵隊としては自分の方が先輩なんだ。それで早ければ今夜始まる戦闘で、みんなは自分の命令をよくきいてもらいたいんだ。というのは、自分もこれまで戦闘には何回も出て、その都度死線を突破して来ているんだ。だからその体験を生かして、自分が命令をくだすから、みんなは自分勝手に飛び出したりして、取り返しのつかぬ蛮勇などふるわないようにして呉れ。な……」

新兵の軽挙妄動を戒める渡辺伍長の言葉には、何か意味深長なものがあった。正介はこの伍長にすがって居れば、或いは命拾いが出来るのではないかというような気がした。が、伍長がいくら北支や中支の体験を活かしても、こんどの相手は手強《てごわ》いソ連のことであるから、まぐれ当りに死線を突破するのも、なかなか困難なことのように思われた。

去年の十二月の寒い朝、正介が東京を出発する時、正介の妻は荷物をさげて高円寺駅の改札口まで送って来た。丁度、警戒警報が出ている最中で、駅の付近には緊張の色がみなぎって、正介はその時入って来たギュウギュウ詰めの電車にまぎれ込んだのであったが、あの時妻がどのような顔をしていたか、頭を後に廻すことが出来なかったので覚えていなかった。それが取り返しのつかぬ後悔のように思い出された。無理をしてでも頭を後に廻しておけばよかったのである。そのかわり、睡眠不足で不機嫌だった自分のしかめ面が、鏡を見るように、あざやかに脳裡にうかんだ。

その前の晩は警戒警報や空襲警報が頻発して、正介はゲートルばき、妻はモンペの紐をかたく結び、サイレンが鳴る度に雨戸を開けたり締めたり、火鉢の火に水をぶっかけたりまた起したり、しているうち夜が明けたのであった。遠くで鳴る高射砲や爆弾の音をききながら、吹きさらしの真っ暗な部屋の中で正介は妻に話しかけた。

「今度は、おれも向うでくたばるかも知れない。そうしたらこの交通地獄の世の中で、お前はわざわざ満洲までやって来る必要はないぞ」

「どうしてですか?」

「おれの死体はおれが始末する。骨はちゃんと小包にして送るようにしてやる」

「まあ、私がいくら至らず者でも、その時には、どんなに旅費を工面してでも、迎えに行きますよ」

「いや、よしてくれ。おれは小包で帰る」

半分は冗談で言ったのであったが、それにしても自分の遺骨が小包で帰ることを、人生最低の不幸事のように考えていたのは確かなのであった。まだまだ人生を甘く見過ぎていたのだ。底には底があるもので、今になって考えると、遺骨が、小包で帰るなんて贅沢の中でも飛切り上等の贅沢で、何時間か後には金蠅や銀蠅にたかられて蛆がわき、その挙句のはては姓も名も識別できぬあわれな骸骨になり、五年も十年も人知れずそこらあたりの叢《くさむら》の中にころがってい る自分の死体を想像すると、かりそめの旅だと思って満洲くんだりにやって来た自分の浅慮が、地団駄ふんでもなお悔み足りなかった。

雨にまじって、風が出て来た。風は湿気をはらんでどす黒く、もうそこまでソ連がおしよせて来ているのを告げているかのようであった。風に呼応して、公園の泥柳の葉が、ざあざあ葉裏を返して騒いだ。その葉のざわめきは、今夜の肉弾戦のなまぐささを警告しているかのようであった。

正介は背中がぞくぞくして、無茶苦茶に酒がのみたい衝動を覚えた。酒がはいれば、硬直した頭のしこりも解けて、何かいい考えが浮ぶかも知れなかった。昨日、南新京の停留所で、とても駄目だと諦めていた電車がすぽっと止まって正介を乗せてくれたように、あんなうまい智恵が出て来ないとも限らなかった。

そう正介が思った時、正介の衝動に符節を合せたように、渡辺伍長が沈黙を破って、

「おい、山田二等兵、お前、酒の徴発ができるか」

と山田二等兵に向って言った。

「は、出来るであります。山田二等兵は昨日からちゃんと目星がつけてあります」

と山田二等兵が起立して直立不動の姿勢で言った。自信にみちみちた語調であった。

「よし、ではお前、ご苦労だが取って来い」

と渡辺伍長が山田二等兵に命じた。

「は、それでは、山田二等兵、これより酒を徴発して参ります」

と山田二等兵は渡辺伍長に敬礼して四阿をとび出た。

雨に濡れながら、山田二等兵は公園の柵を跳び越えた。と思うとひらりと体を左にかわし、夕闇のせまった道路を一目散、学校のある方角に向って駈け出した。

第四章　花　枕

休憩時間を利用するというのではないが、初めの方でお約束しておいた――その時より三年前の――満支旅行談をここですることにしよう。正介が満洲くんだりにはまり込んだ原因は、もとをただせば、この旅行が複雑微妙な作用をはたらいているからである。

昭和初年のことであるが、もうずっと以前、瀬戸内海で投身自殺をとげた詩人生田春月に、「海図」と題する次のような辞世の詩がある。

甲板にかかつてゐる海図
それはこの内海の海図だ
じつとそれを見てゐると一つの新しい未知の世界が見えて来る。

普通の地図では海は空白だがここでは陸の方が空白だ。

ただ僅かに高山の頂が記入されてゐる位のものであるが、これに反して海の方は水深や色の他記号などで彩られてゐる。

これが今自分の気持をそつくり現はしてゐるやうな気がする。

今までの世界が空白となつて自分の飛び込む未知の世界が彩られてゐるのだ。


昭和十七年、正介は満支旅行をした時、なんとなくこの詩を思い出した。丁度、日米が開戦して半年すぎた時で、早くも長崎の港外で長崎丸という船が機雷にふれて、沈没したり、その船長が責任を感じて割腹自殺をした騒ぎの直後だった。

旅行の動機は北京で新聞記者をしている先輩、御所にハガキを出したついでに、ぼくも一ぺん北京を見ておきたいものだと書いたところ、気の早い御所が北京領事館の渡支証明書を航空便で送って来たからであった。

折しも、足の骨折治療に満洲から東京に来ていた村田が、それでは満洲にも来い、おれが満鉄のパスを取ってやると奔走してくれたからであった。

「木川さん、わたしと一緒に朝鮮経由で汽車で行こうよ。海はあぶないよ」

と御所夫人は言った。

夫人は子供の教育があるので、東京に残っていて、一年に一度くらいの割合で亭主の顔を見に北京に行っていたのだ。

だけど正介は海をえらんだ。どうせ外国へ行くのなら、船に乗ってみたかった。

出発の前夜、正介は神戸の宿屋に泊った。散歩に出て、元町をぶらついて、ある玩具屋で、将棋の駒を買った。昔の将棋指しは、今日のようにジャーナリズムが発達していなかったので、将棋の駒袋をさげて旅に出て、将棋の稽古をつけてやって一宿一飯、諸国をめぐり歩いたという話をきいていたからであった。

船の名前は南嶺丸とか北嶺丸とか言った。船腹に大書してある筈の文字が消してあったので、もの知りの船客にきいたら教えてくれたのだが、聞きもしない姉妹船のことまで教えてくれたので、頭がごちゃごちゃになってしまったのである。

船室は六人の相室《あいべや》で、男が二人、女が四人であった。男の一人は、大阪のもので、北京に料理店をひらく準備工作に、これで三度目の渡航だと言った。

女の最年長者は子供を二人連れた中年女で、張家口で官吏をしている夫のもとへ帰って行くところだった。

もう一人は子供のない人妻で、北京の郵政局に勤めている夫のもとに帰って行くところだった。もう一人の女は、保定で鉄道員をしている婚約者のもとへ嫁入りして行くところだった。

あとのもう一人はもっと若い処女で天津に帰るところとは言ったが、ほかのことは一切口にしなかった。

意外だったのは、先日沈没した長崎丸の乗組員だったボーイがこの船に乗り込んでいて、それが正介たちの船室の係りだった。

頭をオールバックにした華奢《きやしや》な青年だったが、長崎丸で五人も人命を救助したという体験談が、婦人たちの人気を集めた。婦人たちはどんどん競争でもするかのように、ボーイにチップをはずんだ。

船が瀬戸内海をすぎて、玄海灘に出ると、天津行きの処女が、ボーイの見ている前で、衣料キップを船窓から放り投げた。すると、あとの二人の人妻も、処女にまけてたまるかと言わんばかりに衣料切符を海に棄ててしまった。

「ねえ、木川さんの小父さん」

昼食後、正介が寝台に横になって昼寝をしていると、下段の寝台から保定へお嫁に行く浅田ヨネが声をかけた。

ヨネは宮城県の山の中から来た女で、海を渡るのは、正介と同じくはじめてだった。神戸で乗船した途端、船酔いを起して、ずっと寝台にねたきりだった。酒飲みが酒に酔った時のように、わたしはこれから保定へお嫁に行くんだけど無事に向うまでつけるかしら、あのひとは、本当に塘沽《タンクー》に迎えに来てくれるかしら、ああ鰯の頭も信心だ、などというようなことを独り言のように呟いている女だった。年は二十四五で背の低い横にずんぐりした女で、トランク一杯婚約者から来た手紙を持っていて、時々身ぶるいしながら抱きつくので、婦人たちの憫笑をかっている女だった。

「何だよ」

と正介が上段から返事をすると、

「ねえ、小父さんは、この船が沈んだら、本当にわたしを助けてくれるね」

声をふるわせて言った。

何だか一度前に約束したことに、も一度念を押すような言い方だった。正介はそんな約束は夢にもした覚えはなかったが、

「ああ、いいとも」

と返事をして、毛布の中に顔を埋めると、ヨネはいち早く立ち上って、正介の寝台のカーテンをめくり、「光」という煙草を二個、正介の手に握らせた。握らせたあとで、ぎゅっと正介の四本の指をつかんだ。

船室の婦人は皆、甲板へ出はらって、室内には大阪の男と、正介との二人だけが残っている時の、できごとだった。

けれども正介は、万一の場合、船が沈没した時、ヨネを救助できる自信はなかった。自分一人だけでも、あやしいものだった。ただ一つ正介は、別に根拠は何もないけれど、この船は絶対に魚雷なんかにぶっつからないであろうという、漠然とした自信があるだけだった。

神戸を出てから四日目、正介が思った通り、船は無事塘沽《タンクー》に入港した。

塘沽は白河という河の河岸にある。船が危険な海域をぬけて、白河の川尻に入った時、一天にわかにかき曇って、夕立が降った。船客は皆甲板に出ていたが、夕立にぬれながら、あきることなく港の風景を眺めた。初めての者も、二度目の者も区別はなかった。どういう関係からか、船客の大半は婦人で、その婦人達の大半は、中国にいる男性の許へ行っているもののようであった。すでに港の埠頭には出迎えの男性が黒蟻のようにかたまって、静かに船の方へ眼を注いでいるのが見えた。

正介は埠頭から眼をそらした。塘沽と河をさしはさんだ対岸は太沽《タークー》である。この太沽は五年前、北支事変が起るや否や、正介の郷土部隊が敵前上陸を敢行して、多数の犠牲者が出た所だった。正介の従兄弟の貫太郎もその中の一人だった。見渡す限り丈なす蘆荻《ろてき》が生い繁って、対岸はどこにあるのか見わけもつかなかった。蘆荻の下は泥濘で、輜重《しちょう》兵特務兵だった貫太郎がこの泥濘にめいり込む重い荷車を引っ張って、馬の口をとらえて、飛びくる敵弾に当って死んだ一瞬間の姿が思いやられた。雷雨になびき伏す蘆荻の葉ずれの音は、嫁も取らないで死んだ貫太郎がむせび泣いているかのようであった。

船からおりると、正介は所定の税関の検査と金の両替をすまして、塘沽駅に急いだ。するとその途中、税関の裏の人気のない所で、偶然のように浅田ヨネに出逢った。ヨネは保定から出迎えに来た婚約者と、手に手をとらんばかりにして、そこらあたりを散歩しているところだった。男はがっしりした体格の、角力取りのような大男だった。鼻の下にヒゲを生やしているので、相当威厳もあった。ヨネは自慢げに、正介にちらりと微笑を送ったが、声はかけなかった。正介も口をへの字に曲げただけで、声はかけなかった。

北京まで、ニンニクの匂いがむんむんする三等車に乗った。三等車には日本人は一人も乗っていなかったので、正介はここは外国だという気分を十分満喫することが出来た。ガア、ガア、ガア、ガア、乗客の中国人は中国語で話をしているので、何が何だかさっぱり分らず、正介は自分が突然ツンボになったような気がした。ツンボの上にオシになったような気がして、舌ももつれた。

北京駅で下車すると、御所あるいは夫人の姿をさがしたが、見えなかった。塘沽で打った電報は、正介が心配した通り、届いてはいないようであった。

駅前広場に出て、群がり寄って来る人力車夫に「黒芝蔴胡同」と紙片に書いて見せたが、どの車夫にも分らなかった。やたらにプープーという発言が聞きとれるだけであった。

困っていると、少し遠くにいたらしい二十七八歳と思われる元気のいい一人の車夫が後から出て来て、

「…………」

分った分ったと言った。正介の荷物を持って先に立って、こっちに来いと言った。ついて行くと、青年車夫はこれに乗れと三輪車の毛布をひろげた。

三輪車は上等なものではなかった。膝かけ毛布もところどころ穴があいていて、青年が力をこめてペダルをふむと、車ぜんたいがギイギイ音を立てた。けれども正介は何となく愉快だった。晩春初夏の北京の空気はきよく澄んで、膚ざわりがよかった。

ところが樹木の多いさびしい裏通りのような所に来た時、突然、三輪車からとびおりた車夫は、後をむいてボクシングの真似のような手振りをして正介に見せた。何か口で言っているが、分らなかった。まさかこんな所で喧嘩を吹っかけてるのでもなかろうと、

「…………」

正介がかぶりを振ってみせると、車夫は妙な顔をして正介に近寄って来て、洋服のポケットの上をとんとん叩いた。

田舎ものだと見くびって、車代をもっと上げろと言っているのかと思って、強くかぶりを振ってみせると、車夫のやつ、いきなり正介のポケットに手を突っこんでしまった。

「だめだ。だめだよ」

と正介が叫んでポケットをおさえた時、車夫がポケットから取り出したのは、財布ではなくマッチの箱だった。

車夫は正介のマッチで三輪車の先端にくっついている石油ランプに灯をいれた。それにしても夕方には違いないが、まだ暗いというのには間がある時刻なので、正介は不思議なような気持で三輪車の上にふんぞり返っていると、三輪車はギイギイ走り出して、間もなく中国人巡査が立番をしている交番の前を通りぬけた。

「ハッ、ハッ、ハ」

正介はやっと合点がいって、笑い出すと、

「ハッ、ハッ、ハ」

車夫も後を振り返って、お前の国だって同じだろう、と言ったような顔で笑い出した。

無事、黒芝蔴胡同七番地に到着すると、電報は来ていなかったが、御所夫人が陸路先着していて、七つも若返ったようなきれいな姿で正介を迎えた。なにもかも好都合で、たとえ阿媽がいるにはせよ、夫人は正介を歓待するために来たと同じような結果だった。もちろんのこと、宿賃はいらないし、正介は居心地がよく、最初は十日位のつもりだったが、予定が二週間になり、また一週間のびて三週間になり、それでもまだ帰りたくなかった。が、満鉄のパスの期間が大分くい込んできたので、不承不承みたいに満洲に向った。

満洲では、人のあまり通らないような寂しい線路をえらんで、承徳へ出た。承徳には世界でも有名な、熱河の秘境といわれるラマ寺や、清朝の王様の離宮があるのを、見物しようと思ったからである。

承徳の宿屋に一晩とまって、明くる日の朝、正介は宿屋できいたラマ寺行きのバスの停留所へ出向いた。ところが、その停留所は、人目につく標識が何にもない、路傍にすぎなかった。半信半疑のような気持で、一時間ばかり待ったが、バスは来なかった。朝から風のない暑い日で、四つ角の崖下にある満人の寺小屋位の小さな小学校で、生徒がオルガンに合せて中国語の唱歌をうたうのが聞えた。四つ角の上には、小さな土で出来た家があって、色の黒い姑娘が三人、中庭で臼をひいているのが見えた。

正介は所在なさに臼をひく姑娘を見たり、生徒の唱歌をきいたりしていると、土の家から十歳ばかりになる男の子が、おりて来て正介に近づき、

「ホイラ、ホイラ、ホイラ」

と叫んだ。

正介は「ここをどけ、邪魔になる」と言っているのかと思ったが、段々そうではなく、今日は自動車が故障をおこしているので、一日中待ったって来っこないぞ、と親切に教えてくれて

いるのが分った。

それではどうしたものかと、思案にくれている時、一台の馬車が通りかかった。呼びとめて、「熱河観光案内」というパンフレットをひろげ、ラマ寺全景の写真を指でさし、ここまで行くかと訊くと、馬車屋がうなずいた。

「いくらか」

「五円だ」

「三円にまけろ」

「駄目だ」

馬車は未練も残さず、ガタガタと去って行った。

正介はその時、懐中に五円の金がなかった。昨日の夕方、華北の東端の古北口駅の税関で、中国紙幣を十八円、満洲紙幣に両替して、駅のホームから頭上にそびえる万里の長城の一部を仰いだ時には、いよいよこれから自分の本格的な無銭旅行が始まるような、一種痛快な気持がしたものだったが、僅か一日も経たぬうちに、それが実際の現実となってやってきたのである。が、実際の現実が、どうしてそんなに痛快なことがあろう。昨夜、宿屋でビールを一本だけ節約しておくのだったと後悔心がおきたが、それも、もう後の祭のようなものだった。

止むを得ず第一志望のラマ寺はあきらめて、徒歩で行ける離宮見物に、見物をきりかえた。

『離宮、又の名を避暑山荘ともいう。康熙四十二年、工を起して同四十七年竣工したもので、周囲は十一キロ。山荘の内部は東南隅に宮殿を経営し、その背後に苑池を設け、万樹園なる草原を開き、その一帯から西の大部分は数個の谿谷丘陵が起伏している。その自然の景致は他に類を見ざる世界の一大名苑である』

こんなことがパンフレットに書いてあったが、正介にとっては最早第二志望であるから、興趣は殆んど動かなかった。

でも正介は先ず宮殿を一瞥した。屋根も柱も腐りかけて、恐らくあと三年もたてば完全に崩れ落ちそうな建物の薄暗い所に、昔、清の王様が蒙古の家来を引見したという玉座があった。正介はためしに坐って見たが、徒らにゴッゴッと腰の骨にこたえるだけであった。

その隣の建造物は宝物館と書いてあったので、どんな世界的な国宝があるのかと覗いて見たが、等身大の金属製の女の仏像が十四五体、ずらりと一列に並んでいるだけであった。

「なんて、陰気な仏様だろう。こんな陰気な顔をして衆生《しゆじよう》が済度《さいど》できるか。だから国が亡びるのだ。仏像というものは、すべからく愛嬌のある別嬪でなくッちゃ」

正介は口の中でぶつぶつ言いながら宝物館を出た。その途端、何の機勢であったか、其処に辷《すべ》りころんで足首を捻挫してしまった。重傷ではなかったけれど、しかめっ面をひんまげて、ビッコをひきひき、宮殿の背後につづいている「世界の一大名苑」まで辿り出たが、正介はもうその名苑を一巡して見る元気はなかった。

庭園の池のほとりに、ひょろひょろの満洲松が十本ばかり生えていた。その日蔭に腰をおろすと、池の向うの茫々と繁った草の中に、一団の男女の頭が黒く動いているのが見えた。正介は宮殿の中でも宝物館の中でも、誰も人間に出逢わなかったので、意外な気がしたが、注意してみると、それは頭のいい奴が、この名苑を利用して昼酒をのんでいるのであった。亡国調ゆたかなアーリラン峠のメロディが、池の面をわたって嫋々《じょうじょう》と聞えた。

「へえ。うまく、やってやがる」

正介は思わず声に出して言った。時計を見ると、時計はまだ十時を少し廻ったばかりであった。

汽車は夜の七時半に出るのである。それまで、たっぷり、九時間ある。正介はその長い時間をどうしたものかと思いあぐんだが、ふと思い出して、ボストン・バッグの中からかねて用意のモグサと線香をとり出して、三里に灸をすえた。

それから、また思い出して、神戸の元町で買った将棋のコマを取り出して、ひとり将棋をはじめた。が、ひとりでやる将棋は、敵の作戦も味方の作戦もまる見えだから、八百長ばかりになって、一向に勝負の面白味は出て来なかった。

結局は草の上にねころんで、遠くで歌っているアーリラン峠の唄をききながら、不貞寝《ふてね》でもしてみるよりほかなかった。

満洲の首都新京についたのは、その翌日の夕方だった。新京に着く二三時間前、正介の財布はいよいよ払底して、食堂へ行って食事をとるか、それとも村田に電報を打つかという、二者のうち一つを択《えら》ばなければならない羽目におち入った。どっちにしたものかと、随分煩悶したが、ついに正介は電報の方を択んだ。あまり考えすぎていては、いたずらに時間がたって、電報が用をなさなくなると思って、断乎電報の方に意を決したのである。

ところが新京駅に下車してみると、村田は出迎えに出ていなかった。北京の時の前例もあるから、或いはこんなことになるのではないかと気掛りだったが、実際にその通りになってしまったのである。

ペコペコになった腹をかかえて、それでももしか、村田が後れ馳《ば》せに駈けつけて来るのではないかと駅の出口にしゃがんで待っていると、

「旦那、行きましょう。さあ、どうぞ」

と、正介の裾をひっぱるものがあった。見るとそれは学生帽にニシキ旅館と書いた白い鉢巻をまいた若い客引だった。

「ぼくは友達が来るのを待っているんだ」

この宿屋払底の折柄、客を引くなんて、ろくなことになりそうもない予感がしてはねつけると、

「友達？　友達はどこです？」

と客引は朝鮮なまりでくいさがった。

「寛城子だ」

と答えると、

「寛城子？　寛城子は遠い。友達来ません」

と客引は正介のボストン・バッグを手に摑んだ。

「僕は、金が無いんだ。君、駄目だよ。金がないから、駄目なんだ」

と正介が必死になってバッグを取り返そうとすると、

「いいですよ。お金なんか、いいです。うちに来なさい」

と、客引は正介をひったくるようにして、駅前に待たせてあった馬車に押し込んだ。

仕様ことなしに、馬車にゆられて見知らぬ街を、ニシキ旅館につくと、ニシキ旅館はむろん一流二流とは言えなかったが、宿屋の体裁だけはしていた。部屋も雑居ではなく、汚い四畳半ながら二階の一室に案内された。

案内した女中が、

「あの、お夕飯は?」とたずねたので、

「まだなんだけど」と答えると、すぐにお膳が運ばれた。

お膳は黄色っぽい粟飯に豆腐汁というお粗末なものであったが、朝から何も食べていない正介は、何とも言えず美味しく頂戴することができた。

腹がふくれると、正介はギイギイ鳴る階段をおりて行って、帳場の電話をかりた。村田の電話は呼出しだから、手間がかかったが、待っていると、向うから声がきこえた。

「やあ、さっき電報がついたところだ。それで今、女房と会議を開いた所なんだがね」と村田が言った。

「そうだろう。おれもそんなことだろうと思っていたんだがね。八島国民学校というのを知ってるか。その裏通りにニシキ旅館という宿屋があるんだ。そこに、今、おれはいるんだ」

「じゃあ、今夜はもう十一時だから、明日、午前中に行くことにするよ」

「それから、もし、もし、小生あての電報為替は、まだ着いていないかね」

「え? いや、何も着いていないね」

「そうか。じゃあ、明日、くわしい話をすることにしよう」

正介は電話をきった。

熱河から錦州へ出る途中に、金嶺寺という駅がある。そこを通ったのは、朝の七時頃であったが、そこから正介は東京の留守宅にあてて、大至急電報為替を村田気付で送るようウナ電を打っておいたのだ。

翌日、村田が手ぶらでやって来たので、正介がそのわけを話すと、そりゃア、少くとも二三日はかかるだろうね、と村田が言った。

応急処置として二人は、二人の共通の友人である赤川を、満洲新聞社に訪ねた。そして旅銀の一助に随筆一篇を執筆させて呉れるように頼むと、文化部長の赤川は即座に承知してくれた。

勇んでニシキ旅館に帰ると、正介のあとを追うように女中が上って来て、

「あの、申し兼ねますけれど、ほかに予約のお客様が今晩お着きになりますので、何処かよそへおかわりになって頂きたいのですが」

と、まことしやかな顔をして言った。

「そいつは、困ったなあ。僕はもう一晩泊めてもらわないと、大変なことが起きるかも知れないんだ。ちょっとぬきさしならぬ事情があって、いま、この人に逢って来たばかりだがね。……だからねえさん、何とか都合をつけて、もう一晩だけ、泊めて貰えないかなあ」

と赤川の新聞社の名刺を見せながら頼むと、

「では、帳場にもう一度、そう言ってみます」

女中は階下におりて行った。そして再び帰って来ると、よろしいそうです、と言った。

おかげで追い出しはまぬがれたが、気持を荒されて原稿の方は一向進まず、やっと一枚書けただけであった。これでは商売にならぬと、明くる日は大いに馬力をかけたが、原稿は二枚だけであった。三日目の午後になって、やっと十枚の原稿が出来上り、正介はすぐ満洲新聞社にとんで行き、原稿料を受けとると、直ぐ引き返し、宿賃を支払って、はじめてニシキ旅館におさらばすることが出来た。

が、此処を出ると、正介の懐中は再びすっからかんだった。赤川の厚意にあまえて、赤川の下宿に行くより外に手はなかった。

赤川は独身の気軽な自炊生活をしていたから、気兼ねはいらないようなものの、正介は銭がないから何処にも行けず、近所にあるデパートに行って、屋上から新京の市街を見物してみても、心は晴々しなかった。

四日目の朝、寝床の中で赤川にもらった煙草をすいながら、

「ああ、今日も亦電報為替は着かんかなあ」

と正介が大きな溜息をつくと、

「もうそろそろ着く頃でしょう」

と隣の寝床から、文化部長の赤川が言った。

「女房のやつ、何を愚図愚図していやあがるんだろう。大事な亭主が、旅の空で行き暮れてい

ても、ピンと頭に来ないのかなあ」

と慨嘆すると、

「そりゃあ、木川さんが不断、せっせと貯金をしておかなかったからかも知れませんよ」

と赤川が図星なようなことを言った。

「………」

「それに何ですよ。内地の金を満洲でつかうのは、本当を言えばバカの骨頂みたいなもんなんですよ。何しろ貨幣価値が三倍も四倍もこちらは安いんですから、勿体ない話ですよ」

「そりゃあ、その位のことは僕も知っているがね。かと言って、どうにもならんじゃないか」

「満鉄が出して呉れないんですか」

「さあ、何だかそれが、出して呉れないんだ。村田の交渉ではそういうことになってしまったんだ」

「へんですねえ。これまでに来た文士は、みんなもらってるんですよ」

「そりゃあ、人間のクライが違うんだろう」

「だけど汽車のパスだけくれて、満洲を見学しろったって、無茶な話ですよ。そんなことなら、パスを発行しない方が、親切というものですよ。理屈に合わないことをしているのだから、直接あって交渉してみたらどうですか」

「そうかなあ。それはそうも言えるなあ。じゃア一つ、乾坤一擲《けんこんいってき》、勇気を振って談判して見るか」

当てにもならない電報為替に業をにやしているより、その方がどのくらい確実性があるか知れないような気がして、正介はその朝、奉天行きの汽車にのり込んだ。

奉天につくと、勢こんで、正介は満鉄本社をたずねた。

どうせ一度は顔を出しておかなければならない所でもあった。

豪勢な応接間で待っていると、村田の紹介でパス発行の労をとってくれた弘報課の外山一彦が姿をあらわした。一見したところ、外山は文学青年らしくなく、鰯の頭も信心の浅田ヨネの婚約者を連想させる大男だった。年も同じくらいで、鼻の下にヒゲは生やしていなかった。

初対面の挨拶がすみ、正介がパス発行の厚意を謝してお礼を言うと、

「北京へ行かれたそうですね。北京はいかがでしたか」と先方から物やわらかい態度で話をもちかけた。

「はあ。北京はなかなかよかったですよ。どこがいいかって？　一口には言えませんが、ちょっと何とも言えないような魅力がありましたね。ぼくは古北口の方から満洲入りをしたんですが、北京を見たあとで熱河へ入ると、満洲は実に田舎だという印象を受けましたねえ。それでかどうだか、熱河にいる日本婦人の足は、北京にいる日本婦人の足よりもうんと黒く見えまし

たね」

と正介が旅行の所感を述べると、

「そうでしょうねえ」

と相手の外山は相槌をうったが、その顔は見る見るうち、何か不満らしい表情がうかんで、

「だから、大抵の人は満洲の見物をすましたあと、北支へ入って行くんです。木川さんはつまりその反対のコースを取られたわけですが、しかし満洲にはまた、満洲独自の別な魅力がある筈なんですがね」

と正介の浅慮をたしなめるように言った。

「はあ、それは勿論、そうでしょう」

と正介はあわてて言った。どうやら外山は正介が北京旅行を先にして、あとから満洲に来たことに、心証を害しているようであった。その上にもってきて、満洲は田舎だなんて満洲第一印象を口走ったもんだから、尚更心証を害したもののようであった。でも一たん口から出た言葉を、実は今のは嘘だったとは言えなかった。

「勿論、そりゃア、そうです。どんな所にだって、魅力はさがせばありますよ。熱河のことは、まあ例外中の例外としまして、僕は折角頂いたパスですから、この貴重なパスを可及的有効に使用して、これから全満隈なく歩き廻って満洲にかくされている魅力を探求してみたいと考え

ているのですが、残念なことには、僕の浅慮から北京で旅費を使い果してしまいましたので、そこは何と言いましょうか、まことに僭越なお願いですが、見学に要する補助と言いますか、援助と言いますか、名目は何でもかまいませんが、……」

と言った時、外山が正介の言葉をひきとって、

「その見学要費のことですね。村田さんにもはっきり御返事しておきました通り、うまくいかなかったんですよ。以前はどしどし出したこともあるんですが、現在は予算をひどく削減された関係上、どうにもならなくなっているんです。こんなことを申し上げては失礼になるかも知れませんが、木川さんに対してはパスを発行するだけでも、異論が沸騰して、ぼくは防衛に大《おお》童《わらわ》だったんです。経理通のものに言わせれば、あの一ヶ月のパスだって金銭に換算すると、八千円にもなるとかいうのですから、仲に立ったものは、たまったものではありませんよ。もっとざっくばらんに申し上げますと、木川さんが○○さんや△△さん位の名声があれば、見学要費も五百や六百は出せるだろうと思いますけれど」

と、外山一彦が最後のとどめを刺すように言った。

それで用件はすんだので、正介は満鉄本社を辞去した。辞去する時、外山がくれた満洲観光パンフレットを十五六冊も腕にかかえて、今日も華氏の百度は越えているであろうアスファルトの道路を、跛をひきひき駅の方へ歩いた。青菜に塩みたいな気持で歩いた。

一たん駅まで戻って、今度は方角をかえた。赤川が念のためにと言って、満洲日日新聞の文化部長に紹介状を書いてくれていたからであった。その紹介状を持って、森田文化部長に面会すると、部長は、この間あなたが満洲新聞に書かれたような随筆を、是非うちにも書いてくれ、と先方から言い出した。正介は百年の知己に出逢ったような気持が油然《ゆうぜん》とわいて、それでは明日の午前中にはお届けします。就いては適当な宿屋をご存じでしたら紹介して下さいと頼むと、森田部長はすぐさま電話機を手につかんで、宿屋の斡旋をしてくれた。

宿屋は駅前の横丁にあった。投宿するや否や、正介は真っ裸になって、一生懸命原稿を書いていると、

「あの、お客さんです」

と、女中が廊下から顔をのぞけた。

「お客さん？」

と正介は鸚鵡《おうむ》返しに言ったが、今時こんな宿屋へ正介をたずねてくる人がありそうにも思えないので、怪訝な顔をして首をかしげると、

「あの、頭の真っ白な、おじいさんです」

と、女中が笑いながら説明している所へ、当人の柳沢柊吉がさっぱりした浴衣がけ姿であらわれた。

「びっくりしたでしょう。実はいま、スズラン通りで、満日の森田君にぱったり出逢って、きいたんですよ。オヤ、オヤ、勉強しているんですか。これは驚いたなあ」

と、柳沢がカンカン帽を指先でもてあそびながら言った。

柳沢は正介よりも年が十五くらい上の先輩作家だった。しかし、今では文壇は引退したような恰好で、悠々自適の境涯だった。

「いや、いや、どう致しまして。旅の道中で路銀に窮して、ホテル代稼いでいるところですよ」

「ホテル代だって？　だって、あなたは満鉄の招待で来たんではないのですか」

「ええ、招待は招待なんですけれど、ぼくの招待は、鉄道パス一ヶ月分だけで、他は一切自前なんです」

「そんなバカなことがありますか。行って交渉しなさい。満洲へ来て遠慮なんかしちゃ、ひどい目にあいますよ」

「いや、実はさっき、一か八かで交渉に行って来たんですが、あっさり断られましたよ」

「どうして？」

「いや、それがねえ。○○や△△のような花形作家なら無条件で旅費を出すけれど、木川さんでは貫禄が不十分だと言うんです」

「馬鹿な。そんな花形作家は、今、報道班員になって、南方戦線に行って活躍しているじゃありませんか。一万円出したって、こんな時代おくれの満洲なんかへ来るものですか」

「そうなんですよ。僕もそう言って啖呵《たんか》をきってやろうかと思ったが、まアよしましたよ。一枚のパスにほだされて、のこのこやって来たのが、そもそものミステークだったんですから。それはそうと、柳沢さん、あなたは又どうして、こんな奉天なんかに、あらわれているんですか」

と不審をただすと、

「僕は娘を連れに来たんです。娘のムコが奉天の食糧会社に勤めているんですが、今度召集に引っ張られたので、娘と孫を連れに来てやったんですよ。僕はそういう小家庭的用件ですから、明日か明後日は東京へ帰りますがね。あなたももし何だったら、一緒に帰りませんか。こんな野暮ったい満洲で汗だくだくになってホテル代を稼いだりするより、東京で呑気に将棋でも指している方が面白いじゃありませんか」

「それはそうですなあ。ところで柳沢さん、将棋と言えば、ぼく将棋の駒を持って来ているんですが、奉天邂逅記念に一戦やって見ましょうか」

と正介がボストン・バッグの中から将棋の駒と紙の盤を取り出して、机の上にひろげると、

「ははあ！　こいつは驚いた」と流石《さすが》に将棋好きの柳沢も目をむいて、

「いい駒ですねえ。天童ものですか」と駒の一つを指にはさんでためつすがめつ眺めるのであった。

「ええ、天童の駒です。しかもこれは天童の処女駒なんですよ。まだ誰とも指していないので、駒の方でしびれをきらしている所なんですよ。もっとも船の中で婦人連と一度だけハサミ将棋をやりましたけれど」

と正介が自慢すると、

「へえ。そいつが悪いや」

ケチをつけながら柳沢はもう紙の盤の上にぱちぱちと勢よく駒をならべた。が、その並べ方があまりに早業だったので、並べ終ると、「ふ、ふ」と子供のような目付をして正介の顔を見て、

「一番だけにしましょうね」と念をおした。

「一番だけですね。よろしいです。そうすると、待ったなし、二歩厳禁のギリギリの線でいきましょうか。そうして勝った方に何か賞品をつけることにしましょうか」

と正介が条件を持ち出すと、

「何にしますか、それを先にきめておかなくちゃあ」

「お互に旅の身の上ですから、荷物になるものは有難迷惑ということもありますから、そうで

すなあ、一番荷物にならない物と言えば……ビール付きロシヤ料理……は如何ですか」

「いいでしょう」

と、柳沢は勢込んで駒をふると、歩が三つ出て、柳沢が先番を握った。

柳沢は精神を統一するため、しばらく瞑目していたが、おもむろに七六歩と角道をあけた。

正介は棒銀をくり出す作戦に出ようか、それとも鬼殺しの奇襲をやってやろうかとしばらく迷ったが、失敗すれば事だから、大人しく三四歩と応じた。つづいて敵が二六歩と突いて出たので、正介も八四歩と応じた。

正介はどうしてもこの一戦は勝たねばならなかった。満洲で将棋に負けて「ビール付きロシヤ料理」代が払えなかったとあっては、孫子が伝え聞いて恥をかかぬとも限らないからである。出来る限り軽挙妄動をいましめ、敵の作戦をひそかに洞察した上、おもむろに反撃のチャンスをつかまねばならなかった。

ところが敵もさるもの、虚々実々、櫓の堅陣に組んで来た。いきおい、正介も櫓の同形に組んで、玉を二筋に囲った。

丁々発止、それからいよいよ中盤戦に入ったが、お互の勢力が伯仲して、どちらか駒を動かした方が損をしなければならない局面になった。先番柳沢は局面を打開すべく、畳の上に両手をつき、盤面に白髪頭をかぶせるようにして、長考をはじめた。そして「弱ったなあ」と独り言を連発していたが、やがて新たな妙手を発見したのか、自信満々たる手さばきでもって、ピシャリと飛車を一八にかわした。かわした後も、昂奮のため、柳沢の手はぶるぶる震えた。

正介はその手を吟味してみると、一八なんて変てこな雪隠のような場所に飛車を据えたのは、飛車角の大駒に香車を加えて三者一体、一筋から一挙に突入して、わが陣営をかきまわそうという魂胆にちがいなかった。それで正介は再度検討して見たが、守備には脆い正介の棋力では、この猛攻が防ぎきれる自信はなかった。

「弱ったなあ」「弱ったなあ」と連発したあげく、正介は自玉を三筋へ逃げた。三十六計逃ぐるに如かず、というあの格言にあやかったのである。

柳沢は得たりとばかり、突撃をはじめた。それでも正介は二三手応戦につとめたが、守備のもろさを如何せん、一筋の自陣はたちまち崩潰にひんした。この上、飛車を成り込まれた日には、自玉の降参は最早や、時間だけの問題のようであった。

今は奇手を発見して棋勢を挽回するより外になかった。額から流れおちる滝のような汗を拭きながら、正介は改めて盤面を睨みつけた。入玉の手段でもないかと思ったが、入玉は全然駄目であった。こうなれば此の戦局の癌である一八の雪隠にわだかまる敵飛車を捕獲するより外なかった。瞬間、正介の目には四二の物蔭にひそんでいる自角が浮び上った。この角をもって敵の飛車をだまし討ちにすればいいのだ。

奸計は胸に秘め、今は自暴自棄、最後の抵抗だけはしてみるかの如く、正介が敵の飛頭にピシャリと歩を叩きつけると、柳沢は果して、何を小癪な、と言わんばかりに正介の歩を払いのけた。すかさず、もう一歩、ピシャリと敵の飛頭めがけて叩きつけると、柳沢は又々その歩を払いのけた。正介の胸はどきどき震えた。けれども秘計はひたかくしにかくして、もう一歩ピシャリと、飛頭めがけて、歩を叩きつけると、柳沢はとうとう、正介の計略にひっかかって、その歩まで取ってしまった。

「あ！」

と、柳沢が悲鳴をあげた。が、時はすでに遅かった。電光石火の素早さで、正介は敵が命の綱の飛車を角でもって払っていたのである。

勝負がきまって、二人はスズラン通りに出た。そこが奉天第一の繁華街のようであった。約束通り、正介はロシヤ料理の御馳走になって外に出ると、日の長い満洲も、ぼつぼつ黄昏《たそがれ》が近づいた、気持のいい時刻であった。

正介は途中やめになっている原稿のことが気になり出し、宿に帰ろうとすると、

「まあ、いいでしょう。少し、散歩でもしましょう」

と柳沢が裾をひっぱるようにして言った。

そう言われて見れば、食い逃げ飲み逃げするのも気がさして、柳沢につれられて街をぶらぶ

らしていると、いつの間にか商家もまばらな寂しい場所に出た。するとその時、

「あなた、お金を出して、小便したことがありますか」

と、ほろ酔い機嫌の柳沢が立ち止まって言った。

「いや、ありませんね」

と正介が答えると、

「ではひとつ、満洲邂逅記念に、やってみることにしましょう」

と、柳沢は歩き出した。

しばらくすると、何とか公園の門に来た。門の前の立札に、入園料二銭、小便料十銭と書いた掲示が見えた。

正介も二銭位は持っていたが、一部だけ出すのも興趣半減で、柳沢がおごってくれるにまかせた。

門を入って、左に曲ると、樹木のかげに便所があった。日比谷公園か上野公園の公衆便所くらいの大きさだった。

先客はひとりもなく、二人は並んで前をひろげると、

「ハ、ハ、ハ」

「ハ、ハ、ハ」

ビールで膀胱一ぱいにたまった長小便を、しャア、しャア、初体験したのである。

正介は三日ばかり奉天にいて、ろくろく見物もせずに新京に舞い戻ったが、電報為替はまだ着いていなかった。やっとその晩の十時頃になって、村田が赤川のアパートまで届けてくれた。

「いい細君だなあ」

「羨しいなあ」

と村田と赤川が口をそろえて女房をほめてくれたが、正介はちっとも嬉しいことはなかった。折角もらった八千円相当の一ヶ月パスも、北京で愚図愚図していた間に、十日以上くい込み、満洲に入ってからは原稿のアルバイトでまた十日くい込み、あとはもう一週間しか残っていないからであった。この短い期間に全満洲を漫遊するのは無理なことだし、かてて加えて電報為替は正介の希望した額の三分の一も着いているのではなかった。

やむなく南満の旅順や大連の見学はあきらめて、北満の街のところどころをのぞき見して、裏朝鮮へ抜けることに決めた。宿屋はなるべく節約して、汽車の中で寝ることにした。

先ず、夜汽車でハルピンに飛んだ正介は、駅前の一膳飯屋で朝食をとりながら、外の景色を眺めると、ハルピンの第一印象はそう悪くなかった。いくらか財布の中に持っているからかも知れなかった。駅前広場に植わった楡《にれ》の樹がしっとりと露にぬれて、うなだれている姿なんか、なんとなく抒情的でさえあった。

　正介は村田が書いてくれたハルピン新聞社文化部員大野八郎あての紹介状を持っていた。村田らの話によると、大野は面白い男だということであった。どんな風に面白い男かは会って見ねば分らぬが、新聞社の文化部という所は、どうせ出勤が遅いのにきまっていた。

　で、正介は丁度工合よく、これからもうすぐ出発するという遊覧バスにのって、ハルピンの名所旧跡を見物することにした。同乗者はおよそ二十人ばかり、何処の何者かは分らないが、約三時間観光を共にして、それから地段街という所にあるハルピン新聞社を訪ねた。すると大野は、たった今出社したばかりだと受付の女の子が言った。

　応接室に通されて、正介が椅子に腰かけようとすると、大野が飛び込むようにして入ってきて、

「満洲新聞と満洲日日にお書きになった随筆、拝見しました。いやあ、実にあれは面白かったですなあ。お忙しいでしょうが、一つウチの方へも御執筆頂けませんでしょうか」

　と大野が初対面の挨拶もしないで言った。

「いや——御厚意は感謝しますが、時間の都合上、原稿など書いている隙がなくなってしまったのです。鉄道パスの関係上、あと六日間で北満を一巡しなければならないもんですから。そういう事情ですから、どうか悪く思わないで下さい」

と正介が詫びると、

「それじゃあ、東京へお帰りになってからでも結構です。ぜひ、お願いいたします」

と大野が声を高めた。

「それでもよろしかったら、悠々と書かせて頂きます。ところでつけ上ったようなことを言って赤面ですが、原稿料を先に頂けましょうか」

「もちろん、さし上げます。ええと、ちょっとお待ち下さい」

大野は応接室を出て廊下の奥の方に行った。かと思うと、間もなく戻って来て、かなり分厚な封筒を正介に渡し、

「じゃあ、出かけましょう。観光バスにはもうお乗りのようですから、もう少し違った方面を御案内しましょう」

とズボンのバンドをしめ直した。

「でも、あなたはいま出勤されたばかりでしょう。お忙しいのと違いますか」

と正介が遠慮すると、

「どうぞ、社内のことは御心配なく。木川さんの原稿の約束をしただけでも、僕は今日、大手柄なんですから」

大野が先になって歩き出した。歩き出すと大野は、大野という名に似ず、五尺あるかなしか

の小男だった。正介はふと自分の胸を見ると、さきほど観光バスに乗った時、バスガールがくれた赤い布の蝶々がまだ胸にくっついていたので、もぎ取って路傍に棄てると、大野は素早くそれを拾い取って、大野自身の胸につけた。そしてニコリと笑った。

大野がまず一番に正介を案内してくれたのは、キタイスカヤ街というロシヤ名前の繁華街だった。ずらりと高価な毛皮をぶらさげた毛皮屋を何軒かひやかして、大野は正介をとある喫茶店に連れて行った。その喫茶店にはロシヤ娘が二十人ばかり、パンティが張りさけんばかりの大きな尻を波うたせて、座席と座席との間を遊泳している光景に正介は先ず圧倒された。草いきれがむせかえるような匂いが、店いっぱいに充満していた。

「物すごいですねえ。処女にでも、腋臭《わきが》はあるものなんでしょうか」

と正介が質問すると、

「なアに。アブラゲはねじれとっても、大きい方がいいですからね」

と大野が坊主の問答のようなことを言った。

第二番目に、大野が案内してくれたのは、そこから横丁に入ったところにあるビヤホールだった。新橋あたりにもありそうな日本的なものだった。枝豆のツキ出しが出て、ジョッキが卓上に並んだ時、やっと正常な気をとり戻した。すると大野はカチッと正介のジョッキにジョッキをふれ合せ、そのジョッキを口に持って行ったかと思うと、顔を仰向けにしてぎゅっと一息

に呑みおろした。その鮮やかさに——さすがの正介も一驚すると、

「ヒヤ、ヒヤ、大野さん」という讃辞をおくる少女の声がどこからかきこえた。

と思うとその少女が大野に近づいて来て、

「大野さん、その胸の赤い蝶々、いいわねえ。わたしにプレゼントしない？」とねだった。

「ああ、いいとも」

と大野は気軽に応じて、赤い蝶々を胸からはずして少女にわたした。

第三番目に大野が案内して呉れたのは、その横丁の次の横丁にある、ビル風の建物の地下室にあるキャバレーだった。キャバレーは時間の関係からか、ひどくガランとして、他にお客の顔は一人も見えなかった。

「しかしはいったんだから、ビールを一本だけのんで行くことにしましょうか」と大野が言った。

「それがいいですね」と正介は賛成した。

二人の会話が耳に入ったのか、ここにいるロシヤ女は、二人のテーブルに寄りつこうとさえしなかった。銘々勝手に長いベンチに腰をかけて、足を組んだり、編物をしたり、手鏡をのぞいて顔をつついたりしているだけだった。不思議なことには、前の喫茶店の娘にくらべて、このキャバレーの女の尻は一様に小振りだった。それで、

「どうしてでしょう。この店の女の子の尻は小さいですね。何か特別な理由が、あるのでしょうか」と正介が尋ねると、

「時代が時代だから、統制をしているんでしょう。面白くもない時代ですね」

と、大野が言った。

第四番目に正介が案内されたのは、キャバレーから表通りに出て、その表通りを一直線に突っきった所にある松花江の河ぶちにずらりと並んだ屋台だった。もっともこの屋台は可成大きな屋台で、テーブルもあれば腰かけも備えつけてあった。屋根はテントだったから、厳密に言えば屋台ではないかも知れなかった。

「ウオトカを呉れ」

と大野が男ボーイに注文した。

眼の前に見える松花江は海のように大きく、あそこに見えるあれは島だそうであった。そう言えば人家が何軒も、こちら側に見えた。向う側は水浴場になっていて、いま白系ロシヤ人が男女とも真っ裸になって、しきりに肌をやいているそうであった。そうしておくと、冬になっても風邪をひかないのだそうであった。

河から風が吹いてきて、涼しかった。避暑気分でウオトカをのみながら、島に通うボートを見物したりしているうち、いつの間にか、二三時間すぎてしまった。

「では次に、白系ロシヤ人の淫売窟へ行って見ましょう」

と、大野が言った。

大野は河の土手をおりると、流しのタクシーを拾った。タクシーの運転手はロシヤ人で、目的地をきくと、めったやたらに車をとばした。シラフならばひやひやするところだが、正介は痛快な気持だった。見知らぬ街のツワイライトを、車はどこかの方角へ進んだ。

やがて車がとまった眼の前に、赤と青のペンキをだんだらにぬった洋館まがいの淫売屋が見えた。なんとなしどこかで、見覚えがある家のように思われたが、それは勿論錯覚であった。

「じゃあ、木川さん、ぼくはここで失礼します」

と大野が言った。

「どうしてです?」と正介が反問すると、

「実は明日、形ばかりですけれど、結婚式があるんです」と大野が言った。

「結婚式って、誰の?」

「いやあ、実はぼくのです」

そんな、一生に一ぺんあるかなしかのような一大事なら致し方はなく、正介は一人で居残ることになった。

で、順序として先ず玄関を入ると玄関の中の受付のような処にいたロシヤ人のやりて婆が、正介を奥の一室につれて行った。その室は畳数にすれば、二十畳ぐらいの土間で、その一方側にきれいに着た女が二十人ばかり、一列に並んでいるのが見えた。室のまん中には古ぼけたピアノが一つおいてあって、ピアノの前には燕尾服を着た男が腰かけているのが見えた。

やりて婆が正介に、ピアノ弾きに五十銭やって呉れと言ったので、正介が五十銭出すと、たちまちピアノがポンポン鳴り出した。

鳴り出すと同時に、壁際に腰かけていた女が一せいに立ち上ってダンスをはじめた。赤や青や黄のドレスの裾が蝶々のように翻って、その昔のペテルブルグで流行《はや》ったダンス・パーティもこんな工合ではなかったろうかと推察された。

そんなことを考えているうち、ピアノがやんでダンスが終った。

「どれにする?」

と正介の顔をのぞき込んで、やりて婆が、あやしげな日本語できいた。

「ま、まだ、わからん」

と正介が首をふると、

「どれにする?　お前?」

とやりて婆がせき立てた。

正介はいささか当惑した。どれにするかって、ペテルブルグのことばかり考えていた正介は、女のよしあしをダンスの律動美の工合で選択するものとは気がつかないからであった。

仕方がないので、正介はもう一度、五十銭フンパツすることにした。

すると改めてピアノがポンポンポン鳴って、女の子のダンスがはじまった。とその時、新たに二人連れの若い男が入ってきて、やりて婆はその方の取引に忙殺された。

どうも困ったことだが、正介は若い男のように手っとり早くは行かず、もう一度五十銭をフンパツしてポンポンやらせてみたが、それでも女の選択ができなかった。

「ばあさん、ビールを一本くれ。おれは飲みながら考える」

と正介はやりて婆に言うと、

「ビールは奥の部屋でのむことになっている。ここでは飲めん」

とやりて婆がはねつけた。

でも強引にねばると、やりて婆の方が折れて、ビールを一本持って来た。

椅子に腰かけて正介がビールをラッパ飲みしているところへ、一人の日本将校が入ってきた。年は五十歳位の、召集将校にちがいない、陸軍少尉だった。召集の時、相当無理をして買ったらしい、皮の鞘にはいった軍刀をぶらさげていた。将校にしては割合好感がもてた。

老少尉は五十銭出すと、軍刀に頬杖をついて蝶々のように躍る女の子を見ていたが、ダンスが終った時、ある一人の女の子を指さした。指さされた子は、択ばれたるものの光栄に、老少尉の軍刀を手につかみ、肩にかついで意気揚々、奥の方の室に消えて行った。

正介は木枯のように淋しい気持がおしよせた。やっと正介の眼も場になれて、もし今夜この宿で一夜をあかすと仮定するならば、あの子にしようとひそかに内定した途端、その子を老少尉が持ち逃げしたからであった。その子は顔の色はロシヤ系の色白で、頭の毛だけ東洋風の緑色の、年は十六七歳くらいに思われる混血児だったのだ。

ハルピン駅までタクシーを飛ばして、危機一髪、正介は黒河行きの汽車に乗り込んだ。もしおくれたら、黒河行きの汽車は一日に一本しかないから、まる一日を空費するところだった。昨日も夜汽車、今日も夜汽車、それからそのあくる日もまる一日、時間にすれば二十数時間汽車にゆられて、田圃《たんぼ》の中にある寒駅の黒河に着いたのは、翌日もすでに夜になってからであった。

陽明館という宿屋から馬車が迎えに来ていた。番頭が何とかさん何とかさんと繰り返し繰り返し、名前を呼んでいたが、その人はついに下車しなかった。かわりに正介が乗ることになった。

田圃道を十五分位馬車にゆられて、陽明館に投宿すると、正介の担当女中は、おタミさんという名前だった。おタミさんは正介の荷物を持って玄関から部屋まで行く時、並んで歩くと、背の高さが丁度正介の細君と同じ位だった。

「おタミさん、夕飯には、お酒を二本ばかりつけてくださいね」

と、正介はまずいった。

ハルピンは真夏だったのに、ここはもう、秋の気配が濃厚だった。それに、おタミさんが、秋にふさわしい清楚な感じのする女だったので、正介はしみじみと日本酒がのんでみたかったのだ。

通された部屋は約五畳位の部屋だった。小さい置床がついていて、その上の花瓶に、麦でもない稲でもない禾本科《かほんか》の植物が生けてあった。

一風呂あびて、食事になって、おタミさんにお酌をしてもらいながら、

「おタミさん、この部屋はちょっと変った規格でできているなあ」

ときくと、

「ええ、この家はもと、ロシヤ人の煙草倉《ぐら》庫だったんだそうです。それを陽明館《うち》の主人が買いとって、改造したんだそうです」

とおタミさんが言った。

「主人はどこの人?」

「山口県です」

「では、あんたもやっぱし、そう？」

「いいえ、わたしは島根県です」

とおタミさんが言った。

「なるほどそれでわかったよ。島根県から秋田にかけて日本海筋には美人が多いんだ。でも、あんたは残念ながら、盲腸炎をやって、お腹に手術のアトがあるでしょう」

と正介が言うと、

「まあ！　どうしてそんなことがわかるんです？」

とおタミさんが真顔になった。

「いや、別に深い根拠があるわけではないがね。最初に一目みた時、そう思ったんだ。当てずっぽだよ」

と正介が言い訳をすると、

「でも、へんですわ。わたし、どうしようかしら。……ああ、わかった。さっき御入浴の時、おキミさんが喋舌《しゃべ》ったんでしょう」

「冗談じゃない。おキミさんなんて、ぼくは知らないよ。風呂には一人きりで入ったんだ」

と正介が強く否定すると、

「でも、へんですわ。いくら当てずっぽでも、そんなこと当りっこありませんわ。ああ、くやしい」

とおタミさんは顔を見られているのが恥かしいかのように、両手をそろえて顔にあてた。そして細っそりした指の間から正介の顔を盗むように見ていたが、やがてすすり泣きをはじめた。

正介はおタミさんが嘘泣きをしているのだと思った。が、涙の雫が細面の頤さきを伝って着物の上に落ちたので、おタミさんは本当に泣いているのだとわかった。

翌日、黒河は雨だった。正介は待望のソ連を一瞥すべく宿を出た。出る前、おタミさんにこれからソ連を見に行くから傘をかしてくれと言ったら、

「ロシヤでしたら、うちの二階に上れば、よく見えますよ」

とおタミさんが不思議そうな顔をして言った。

昨夜は夜だったので分らなかったが、宿の裏はすぐ黒竜江で、黒竜江の向うに、ブラゴエの町が手に取るように見えた。黒い倉庫のようなものが背中をこちらに向けて五つ六つ立っているのが一番大きく見えた。天気のいい日には、江岸に出て洗濯するブラゴエ乙女のふくらはぎまで見えるそうだが、今日は見えなかった。それにしても人間の姿が一人も見えないので、もう出てくるかと待ったが、人間はついに現われなかった。

正介は江岸の土堤を河流に沿って歩いた。尻からげで五六丁くだってから引き返そうとした時、雨がやんだ。正介は番傘をたたんで肩にかついだ。

元のところまで引き返して、町へ出てみたが、町はたいへん汚かった。町という概念からは程遠いスラム街だった。どろんこ道の水たまりで子供が水あそびをしていたので、見るとそれが皆んなアイノコだった。棒切れをもって、チャンバラをやっている一群の子供もみんなアイノコだった。どんな風にしてあっちとこっちで交流するのか、国には国境があっても、愛欲には国境がないのを実証しているかのようであった。正介ははるばる黒河までやって来た満足感にひたった。

宿に帰って暫く体をやすめていると、一時になった。二時何分の汽車にのらなければならないので会計をたのむと、おタミさんが持って来た勘定書に、二泊と記入してあった。帳場の間違いではないかと思って、おタミさんに訳をきくと、十二時すぎても出発しなかったお客さんには、その日の分も頂戴することになっているのだそうであった。おタミさんが言いにくそうに言った。

その日正介は北安に一泊した。その次の日は、チチハルに一泊した。満鉄はダイヤの組み方が下手なのでそういうヘマなことになってしまった。汽車の時間さえよければ、一路満洲里までとばす計画であったのに——。

チチハル駅の階上にある鉄道ホテルに泊っている時、チチハル鉄道局の宣伝課の鹿瀬隆夫がたずねてきた。鉄道局も同じこのビルの中にあるのだそうで、いま宿帳を見て知ったところだと鹿瀬が言った。自分は木川さんと同県人で、実はこの間から心待ちしていたところだったと鹿瀬が言った。

みるからに温和な顔をした鹿瀬はホテルの食堂に正介を誘ってビールを御馳走してくれながら、明日の晩約二十人の県人と木川さんの歓迎会がしたいと言った。正介がパスの期限の関係で残念ながら出席出来ないと答えると、パスの期限は延長することが出来るから本社に交渉してみると言って席をたった。

が、十分ばかりして帰ってくると、ダメでした、とまだ腑におちないような顔をして言った。で、その翌日、正介はジャラトンに向った。予定では満洲里まで行って、ヨーロッパから入って来るシベリヤ鉄道の汽車が見たかったが、駅の構造の関係からしても時間の関係からしても汽車は見ることが出来ない、なおその上に、満洲里に行くのには、軍の許可がいると鹿瀬が教えてくれたので、予定を変更したのであった。

ジャラトンの一つ手前に、興安牧場という小駅があった。いや小駅とさえ言えない、汽車の時間表にも出ていない、駅舎もプラットホームもない、したがって駅長も駅員もいない、単なる場所にすぎなかった。

汽車がその場所にゴトンと止まったので、正介は急ぎ高いデッキの上から線路めがけて飛びおりた。ところがその瞬間、正介はあッと叫んで、線路の上にひっくりころげていた。でも汽車の下敷になっては大変だから、遮二無二線路わきの草原まで飛び出た。

するとその時、汽車が汽笛をふいて、動き出した。

正介は何だか、汽車の乗客が窓から顔を出して見物しているような気がして、何くわぬ顔を装って、草原の中を歩き出した。が、汽車がもう見えなくなった頃、がくんと草原の中にしゃがみ込んだ。

正介はまたまた、足首を捻挫していたのである。しかも今度のは再発ながら、前の熱河の宮殿の時よりも、一層ひどいようであった。

正介は鹿瀬の助言で、これから興安牧場という牧場の見学に行こうとしているのであった。牧場というのは何となくロマンチックだし、事によったらしぼりたてのミルクを一升位御馳走してくれるかも知れなかった。そう思って下車したのだ。

であるのに、興安牧場は何処にあるのか、凡《およ》その見当さえつかなかった。乳牛でも遊んでいはせぬかと、首をのばして付近を見ても、乳牛は一頭も見当らなかった。興安嶺というのであろう、ずっと向うの山の麓にかなり大きな赤い洋館風の建物があって、それがどうやら興安牧場のような気もするが、この痛い足を引きずってそこまで行って、もし間違っていたら眼も当てられなかった。誰かにきいてみようにも、むろん人家は一軒もないのである。

途方にくれて、半時間ばかりそこに坐っていると、さっき正介が乗ってきた汽車とは反対側から汽車があらわれて、線路ばかりの停車場にがたんととまった。そして数人の乗客が下車した。

数人の乗客は一列縦隊になって、道のない草原を、正介がしゃがんでいる方へ歩きだした。みんな自信にみちた歩き方だった。

正介は一行が二、三間《げん》前まで来たとき、草の中から立ち上って、帽子をぬいでお辞儀をした。そして、

「あの、一寸おたずねいたしますが、興安牧場というのをご存じありませんでしょうか」

と、うやうやしく尋ねた。

すると、一行は一瞬つと立ち止まって、一番前にいた三十恰好のカーキ色の国民服を着た男が、乞食にでも物を言う時のような横柄な態度で、

「あれだ」

と一言、顋の先で赤い洋館の方をしめして、またすたこら歩き出した。

正介はうら悲しい気がした。頭をひくくたれて丁寧な敬語まで使って道をたずねた同じ日本人に、どうしてあいつはあんなに威張って見せねば気がすまないのだろう。もしもこれが反対の立場だったら、実は僕らも今そこへ行くところだから、さあさあ御一緒しましょう、と優し

い言葉をかけるところだった。足首さえ痛くなければ、追っかけて行って、拳骨《げんこ》の二つ三つ食らわしてやりたい程だった。

でもその男に逢ったばかりに無駄なく興安牧場に到着、鹿瀬のかいてくれた場長宛の紹介状を事務員に渡すと、事務員は一たん引っ込んでもう一度あらわれ、応接室に案内してくれた。応接室では先着の一行が大テーブルを囲んで、縮れ赤髭の場長から何か説明をきいているところだった。正介は場長に黙礼、先着の一行に会釈をして、あいている椅子に腰をおろした。ところがそのあいていた椅子が、国民服の男の隣だったので、正介は何となく窮屈で仕様がなかった。

場長は説明をつづけた。テーブルの上に積まれた八ツ切りの馬の写真を一枚一枚手にとって、この馬はフランスの何処とかの産で、父は何々、母は何々、輸入した時の価は何万円、というような工合だった。牧場といえば乳牛が飼われているとばかり思い込んでいた正介は当てが外れたような気持だった。

一応説明が終ってお茶が出た時、署名簿が廻った。いちばん上手から記入することになって、正介は国民服の男の次に書いた。書く時見ると、この一行は満洲医科大学の教授連中を、満洲国の農林省の役人が案内してやって来ているのであった。

「では厩舎《きゅうしゃ》に御案内しましょう」

と場長が言った。

正介は教授連の後にくっついて、事務所の裏側に廻ると、煉瓦造りのアパート式の厩舎があって、各室に一頭ずつ馬が入れてあった。いずれも場長御自慢の名馬だけあって、手入れが行き届いて、馬の肌はつやつや光りかがやいて、チリひとつついていなかった。ただ、正介はさっきの場長の説明を半分もきいていなかったので、場長が補足的に馬の説明をしても、十分話についていけないのが残念だった。

二十分位で見学が終ると、場長は鎖のついた時計を出してみていたが、

「もう暫くすると、馬のタネツケがはじまります。もし、ご希望の方がありましたら、御覧になっても結構です」と言った。

正介は医科大学の教授連は、学生時代からそんな解剖学に類するようなことには飽き飽きしているから、さっさと引揚げるであろうと思ったが、彼等は一人のこらず残留した。

草の上で一服しているうちに時間がきた。場長の先導で、傾斜になった坂道を教授連がおりて行った。正介も後に従った。すると坂をおりきった所に、山の崖崩れを利用したタネツケ場があった。広さは田舎の氏神様の境内ぐらいで、草はそこだけ生えていなかった。その真中に高さ一丈くらいの丸太棒が立って、すでに一匹の雌馬がつながれて待機していた。

やがて坂の上手の方から、ヒヒヒヒンという高らかな馬の嘶声が興安嶺の大気をつんざいて、

一声きこえた。そのいななきに応ずるかの如く、雌馬は尻っ尾をもたげた。見る見るうちに、尻っ尾の下にざくろの花が美事に開いた。

と、その時、一ぴきの雄馬が猛烈な勢で、坂道をかけ下りて来るのが見えた。馬丁は渾身の力をこめて手綱をにぎっていたが、ともすると勇みきった雄馬にひきずられて、もんどり打って顛倒するのではないかと危ぶまれた。が、よくふみこたえて、タネツケ場までくると、なれた足どりで雌馬を制しつつ、タネツケ場の周囲を、ぐるぐる四五回まわった。

「あれはどういう理由《わけ》ですか。ぐるぐると何回もこの周囲を廻っているのは……」

と、満洲医科大学の教授の一人が、じれったそうに場長にたずねた。

「あれはですね。つまり妊娠率をよくする為です。馬も矢張り、気分を落ちつかせてやった方が、より効果的なのです」

と、場長が答えた。

なるほど、妊娠率の高低は、一頭が何万円もする馬であって見れば、あだやおろそかにできたものではなかった。いわばこのタネツケ場は、この牧場の道場なのだ。真剣そのものであらねばならなかった。そう思って、正介が場長の顔をうかがうと、場長はのほほんとした顔をしていた。

その時、雄馬が気をおちつける運動を終って中央にはいってくると、中央で待機していた二人の馬丁が、バケツを持ち上げて、雄馬の一尺に余る雄大な陽物を洗ってやった。

「あのバケツの中には、何か入っているんですか」

と医科大学の一人の教授が緊張した声できいた。

「あれは$H^{2}O$です。つまり単なる水ですね」

と場長がいたずらっぽい微笑をうかべた。

そしていよいよ雄馬と雌馬の交尾がはじまると、見物人がシンとして来た。そのシンとした空気のなかで、医科大学の教授連は、やたらにパチパチ、交尾の状態を写真に収めた。医学の研究データにするものか、それとも細君たちへの土産の材料にするものか、正介にはわからなかった。

でも正介は妊娠はうまく行ったように思えた。交尾が完了すると、先ず雄馬が疲れきったような足どりで坂をのぼって行ったからである。そのあと、五間ぐらい間隔をおいて、雌馬が静かな足どりで坂をのぼって行ったからである。その二つの馬の状態で、何となくそんなに思われたのである。

眼を再びタネツケ場に戻すと、

「場長さん、あの棒の向うにおいてある、鶏小屋のようなものですね。あれは何ですか」

と正介ははじめて場長に口をきいた。

「あれはですね、今日は必要がなかったですが、雌馬が子供を持っている場合、子供をあの箱の中に入れて見せておくのです。そうしてやらないと、雌馬の方で子供が心配になって、あばれ出すことがあるのです」

と場長が言った。

するとつづけて、医科大学の教授のひとりが、

「さきほどの交尾の時、馬丁が馬のペニスを手でもって入れてやりましたが、馬は人間が手助けしてやらないと、ひとりでは入りませんか」

ときいた。

「いや、いや、馬だってひとりでやれますよ。ただ、いまのは時間の節約上、馬丁が補助してやっただけのことです」

と場長が馬の味方になったような口吻で言った。

タネツケの終了したタネツケ場は、ひっそりとして、真空のように閑《しず》かだった。馬の交尾が終った時、雌馬の体内から逆流して出た一升ばかりの液汁が、土にしみこんで濡れているのが印象的だった。別にきたない感じはちっともしなかったが、興安嶺の上にいる太陽が、それを乾かすのは我輩の務めであるかのように、一生懸命に光線を照らした。

思いも初めぬ見学に予想外の時間を費して、汽車の時間におくれた一行のために場長はトラックを出してくれた。呉越同舟、トラックは秋草の咲き乱れた草原を横切り、ジャラトンに向った。教授連が或る大きなホテルの前でおりたので、あとは正介ひとり駅まで送ってもらった。ジャラトン駅はロシヤ趣味の白ペンキなどほどこして満洲随一と言われる温泉地の玄関にふさわしい瀟洒《しょうしゃ》な駅だった。日本の舞子駅に似たところがあった。駅の前が泥柳の林で、泥柳の花、つまり柳絮《りゅうじょ》が舞っている最中だった。唐詩以来有名なこの花を、正介は北京で見そこなっていた。洛陽で五月、北京で六月ときいていたから、見られるかも知れないと思っていたが、すでに散ったあとであった。一ヶ月すぎた今、その花に、こんな所で出逢おうとは夢にも思わなかった。

柳絮は繁った葉かげに咲いていて、下からは見えなかった。そいつがかくれんぼの子供のように、葉蔭からとび出て来るのだ。飛び出しても、容易に下には落ちなかった。ゆらりゆらり、お転婆娘が遊びに行くように、空気の中を舞って、それから落ちて来た。地上一尺位の所まで落ちて、いやいや、まだまだとでも言うように、もう一度空に舞い上って行くやつもあった。落ちて来たやつは地上につもって、薄桃色の絹の蒲団が敷いてあるかのようであった。正介はふと思いついて、日本への土産にしようと、一升ばかり風呂敷に包んだ。

それから正介は駅の窓口に行って、図們《ともん》から東京までのキップを買って財布をしらべると、もう今夜は宿屋には泊れそうになかった。満洲里発の列車は、明日の午前三時五十分にここを通るのだ。あと、七八時間は間があった。

温泉地だから温泉の銭湯もあるであろうと思って捜したら、町のはずれの方にあった。その銭湯に二時間ばかりつかって、その近くの一杯屋で軽くやって、再び駅に戻ったのは、夜中の十二時頃であった。

駅のベンチに腰をかけて、夜目にもしるく舞い散る柳絮の姿を見ているのは風流だったが、だんだん酒がきれてくると、寒くなった。二時三時頃には、炬燵でも欲しいほど底冷えがして、がたがた震えた。


翌日の午後二時、ハルピンに着いた。牡丹江行きに乗替えるのには八時間も間があったので、正介は駅の構内にある『伊藤博文公遭難之地』を見物することにした。

ところがその遭難之地をゆっくり見物していると、

「おい、こら、こら」

と、正介は背後から呼ばれた。

ふり返って見ると、日本の憲兵だった。

「何をしとるか」と憲兵が眼をぎらつかせて訊いた。だしぬけだったので、瞬間返事につまっ

たが、

「この伊藤公の遭難の地を見学しているのです」

と旅行案内に書いてあった通りを答えると、

「見学にしちゃあ、長すぎるじゃないか？」

と憲兵が浴びせた。

遭難の地があるプラットホームは、今はあいた時間で、ほかには誰も人はいなかった。痛む足をひきずるようにして慢々的《マンマンデー》に歩いて来たから、憲兵の眼にあやしく映ったものらしかった。

「長すぎると言っても、まだ五分とは見ていませんよ。私は足を捻挫しているので、何か変な印象を与えたのでしょうが」

と実地にその場でびっこをひいて見せると、

「ほんとうかね？」

と憲兵が言った。

「ほんとうです。嘘は絶対にいいません」

「何かこの駅の構内にある物資類を横目で計算していたのとは違うか？」

「御冗談でしょう。私は小学校の時から数学には弱くて、計算といえばきいただけでも頭が痛くなります。ほんとのことを言えば、もっと数学に力を入れて勉強しておいた方が、日常生活に於いても対人関係に於いても、確実性が出来てヘマをやらないですむであろうと、今は後悔しておりますけれど」

と正介が実感をこめて言うと、

「つまらんことを喋らんで、さっさと行け。ぼやぼやしていると、スパイに間違えられるぞ」

と憲兵が呶鳴りつけた。

正介がスパイでないことはすぐに納得がいったらしかったが、しかし正介は面白くなかった。憲兵に叱られる基《もと》になるような観光案内なら、満鉄も人に呉れない方がいいように思えた。とその時、正介の下腹がきりきり痛み出した。昨夜のジャラトンの底冷えが、よくなかったようであった。しかしそれは遠い素因で、何と言ってもいま憲兵に呶鳴られたのが直接的な打撃のようであった。

突き刺して引き裂くような痛みを押えて、便所をさがして飛び込むと、正介は猿又の紐がほどけなかった。一刻を争う場合なので、手で引きちぎってしゃがむと、果して一瀉千里のような下痢であった。悪いものは全部出しておかなければ、これから先の旅が思いやられて、狭苦しい所ではあるが我慢してしゃがんでいると、

「おい、こら、何をしとるか」

と、さっきの憲兵の声が外から聞えた。正介はしつこい奴だとは思ったが、

「下痢しとるんです。どうも相すみません」

と答えてやると、

「ほんとか。ああん？」

と憲兵の声がして、扉があいた。

無礼にも程がある、正介はむかむかして、巡査をよんで来て告訴してやりたいほどであったが、巡査が正介の味方になってくれるかどうか甚だ疑問だった。尻の周囲にべたべたくっついている下痢の飛沫《しぶき》を紙にしませ、にゅッと憲兵の鼻先に突き出してやると、

「ふふーん。……じゃあ、大事にせい」

と負け惜しみのような見舞を言って、憲兵は何処かへ去って行った。


牡丹江には、その翌日の朝の九時に着いた。

ここでは割合ダイヤがよくできていて、一時間待っただけで、釜山行きの汽車に乗り込んだ。それから七八時間たって、汽車が満鮮国境の図們《ともん》に着く前、車掌が税関検査と貨幣の兌換についていて、こまごました注意を与えに来た。が、正介は昨日の昼から下痢の治療のため何も食っていなかったので、肉体の衰弱が甚だしく、車掌の説明に十分耳を傾ける気力がなかった。一つには、税関は神戸を出帆以来、何度も無事に通過しているので、今更びくびくしたりするの

は余計な体力消費のように思えた。

車掌が次の車に移って行くと、

「奥さん、あなたは煙草を吸われないなら、わしのこの煙草を持ってください」

「はい、はい。ではわたしのこの羊羹をお願いします」

こんなちゃちな取引が二等車内に随所に起った。

「煙草はこの間までは百本だったんだがなあ、いつの間に五十本に減らしたのかなあ」

と不服をもらしている声もきこえた。

正介はハルピンで十本入りの煙草を十個買った。その中、二箱ぐらいは吸っていたから、あと八箱ぐらい残っている筈だった。体がけだるいので、調べて見る気もしなかった。それに自分の煙草は旅行の必需品で、東京に帰るまでもつかどうかさえ怪しかった。

やがて汽車が山峡の図們駅につくと、一人の満人検査官が車内に入って来て、端から順々に虱つぶしに荷物の検査をはじめた。みんな要領よくやっていたと見えて、違反者は一人も出ず、検査官は次の車に移って行った。

やれやれと思っていると、満人検査官と入れ替りに一人の日本人検査官が入って来て、これぞと目星をつけた荷物だけ、抽出式に検査をはじめた。

正介がその様子を見ていると、まだ若い二十二三歳の青年検査官は、一見して外見のきたない荷物に目をつけているようだった。えてして密輸は外装を汚くカモフラージして行われるのかも知れなかった。それにしても、正介のボストン・バッグは長旅にくたびれて、口金もこわれ、旅が終ったら屑屋に払いさげてもいいようなおんボロだった。

これは、やられるな、と正介は直感した。と、果して青年検査官は正介の前までくると、正介の汚いボストン・バッグに目をとめ、手をつっこんで中をがさがさかき廻し、

「誰か、この荷物の持主は？　お前か」

と正介の顔を穴のあくほど睨みつけて、叫んだ。

「降りろ！」

一瞬、車内の乗客の眼が一せいに正介に集った。あの男、さっきからいやに落着き払っていたが、なるほどなあ、と言ったような眼つきで集った。

検査官の命令だから、正介は車を降りようと歩き出すと、

「その荷物を持って、だ！」

と検査官があびせた。

正介は命令どおり荷物を持って下車した。すると検査官はプラットホームから再び三等車のデッキに上り、向う側の線路に飛びおりた。そうして正介にも飛びおりろと命じた。正介は興安牧場駅で汽車から飛び降りた時の足の捻挫が、まだ治っていなかった。やむなく、デッキの

金具に抱きつき、腕の力を利用して、体をすべらして下に降りた。すると検査官がこんどは、その向うに停車している貨物列車の車輛の下を腹這いになってくぐりぬけ、正介にもそうせよと命じた。もしも貨物列車が動き出したらオダブツだと思ったが、車輛の裏で頭をこつこつ打ち打ち、やっと向う側に這い出ると、その向うにあるのが税関だった。

官吏たちはみんな現場検査に出かけて、税関の中はがらん洞だった。税関長らしい人物が、中央奥のテーブルに腰をかけて、ひとりで新聞を読んでいただけだった。税関長は正介が入って行くと、老眼鏡をずり上げて、ちらりとこちらを見たが、すぐに新聞に眼をおとした。

青年官吏は、彼自身の机まで正介を連行すると、椅子を引き出して自分だけで腰をかけ、

「荷物をこの上に置け」

と机の上を顎で示した。

正介はボストン・バッグを彼の机の上において、これからどうなるのかと思った。と、その瞬間だった。ぐらぐらっと眼の前の椅子がひっくりころげて、仁王立ちになった官吏が腕をふり上げて正介の頬に一撃をくらわした。正介はなぐられたのかと思ったが、実際はそうではなかった。なぐる代りに大きな声で喚いたのだ。でもあんまり喚き声が大きく、天地も張り裂けんばかりであったので、なぐられたと同じような気がしたのだ。

正介は鼓膜が破れたようで暫くの間、痴呆状態になった。そこがつけ目であったらしく、青

年官吏は、その状態を狙って荒々しく正介のボストン・バッグを机の上に逆さまにして引っ繰り返し、

「これは何か」

と、ハンカチに包んであった黄金色の瓦の破片を取り出して、訊問をはじめた。

「それは、北京の紫禁城の瓦のカケラです」

と正介が返答をすると、

「何イ？　紫禁城の瓦だ？　盗んだのか」

と青年官吏がわめいた。

「いいえ、違います。城を見物の時、紫禁城の事務員にそう言って貰ったのです。地の上のごみ溜のような所に捨ててあったものです」

と正介が答えると、

「これは何か」

次のハンカチ包みをとって中をひろげた。

「それは、北京から大同の石仏を見物に行った時、石仏の前のバスの停留所にころがっていた石ころです。石仏の石と石が同質だったので、参考のために拾って来たのです」

と正介が答えると、

「これは何か？」

と官吏は桐の小箱を手にとって、中をひろげた。

「それは将棋の駒です。まだ一度しか使わないので新品のように見えますが、神戸の元町で買ったものです。満洲で買ったものではありません」

と答えると、

「これは何か？」

と青年官吏は風呂敷をつかんでひろげた。

「それは柳絮です。つまり、泥柳の花です。昔、中国の玄宗皇帝の愛妾であった楊貴妃が、枕にして寝たという伝説があるので、ジャラトンの林の中に箒で掃いて捨てるほど落ちていたのを、記念のために拾ったものです」

と正介が答えると、

「これは――？」

と青年官吏が西洋封筒をつかんで中をのぞいた。

「これはゴムサックです。東京を出る時、私の家内が万一の用心のために荷物の中に入れてくれたものです。まだ一ダースそっくり揃っていますが、私はもう必要ありませんから、棄ててもいいのです」

と正介がその封筒を手にとって、青年官吏の横においてあった屑籠にすてようとすると、

「バカ！」と青年官吏が叫んだ。

「誰がそこに棄てるように許可したか。お前にはどう見えるか知らんが、われわれは田舎の駐在巡査とは訳が違うのだぞ。駐在巡査のように芋や菜っぱを百姓からせしめていい気持になっているような手合とは、精神の持ち方が違うんだぞ」

と妙なものを引き合いに出して力んだ。

「いや、どうも申訳ありません」

正介が三四回くり返してぺこぺこお辞儀をすると、青年官吏はやっと少しだけ機嫌を直して、

「お前の商売は何か？　骨董屋か」

とたずねた。

「いいえ、ちがいます」

「何だ？」

「私の商売は、文筆の方です。もっともまだ非常に無名でありますが」

と言いかけると、

「何？　文筆屋だ？　それにしちゃあ、筆や墨は一つも持って居らんじゃないか？」

「はあ、いいえ。私は筆や墨を販売して歩くのではなく、筆やペンでもって、字を書く方なので

す。つまり……」

と正介は説明の仕様に困ったが、自分の渡支証明書が北京新聞社の嘱託名義になっているのを思い出し、大急ぎで洋服のポケットから取り出すと、青年官吏は暫時その証明書に目を通した。

暫時でも、息をもつかせぬ訊問からのがれて、正介はほっとした。ばかりではなく、この証明書がものを言って、正介を有利に導いてくれるのではないかと思われた。

だが青年官吏は、証明書にざっと目を通すと、ギロリとした眼つきで顔を上げ、

「お前は新聞記者か。新聞記者ともあろう知識階級の者が、何故国法を犯すのか。無知な労働者と違って知らぬでは通さぬぞ。ここに持っとる、この煙草の本数が勘定できぬか」

と、税関の窓ガラスがみんな壊れてしまいそうな大声で呶鳴りつけ、机の上の煙草がころがっているあたりを、握り拳でばたばた叩いた。

(とうとう来た)

(来やアがった)

と、正介は机の上でゼンマイ仕掛の玩具のように踊りはねる七個の煙草をやりきれない気持で眺めた。

しかしこうなれば謝るより外に術はなかった。わずか二十本の超過でも違法は違法で、そこ

を相手は極手《きめて》にしているのだ。

「どうも申訳ありません。実は私、昨日から体の工合を悪くしておりまして、法律のことをついうっかりしておりました。どうかその点を特に御了解ねがいたいのであります」

と七重の膝を八重に折るようにして謝罪すると、

「何にイ？　うっかりしていた？　貴様は本官をなめるのか。われわれ税関吏がこの寂しい異郷の山の中で、日夜孤独と闘いつつ邦家のため尽力しとる犠牲的精神を、貴様は侮辱する気か」

青年官吏が漢語をつかって、まくしたてた。

「いいえ、絶対にそんなことはありません。よくよく御立場は了解できます。ただ、私はこれから東京へ帰りますので、その道中用に詳しい規則も知りませず、ハルピンで煙草を十個買ったような次第でして、誓って申し上げますが、この煙草は私が自家用に喫煙するためのものでありまして、決して友人知己に販売したり分配したりしようという考えは毛頭ないのであります。どうかその点御理解いただきたいのであります」

と正介が密輸的謀計がこれぽちもなかった旨を主張すると、

「くどくど文句をたれるな。自家用に喫煙するものを、何故シャツや猿又の下に隠匿していたのか。最早此処では弁解は通用せん。貴様の犯罪は計画犯罪と本官は見なすのじゃ。計画的の現行犯が如何なる重刑に処せられるか、新聞記者なら知っとろう。貴様の戸籍は赤字で汚れてしまうのだぞ――暫く此処で待っとれ」

と青年官吏は、最後の一句に特別の意味をもたせるように言って、荒々しく税関室を出て行った。

(おどし文句だ)

(手だ、手だ)

(将棋にもあれば、碁にもある。夫婦喧嘩にもあれば、バクチにもある)

と正介は思った。そして青年官吏のやつ、人をおどかしておいて、便所に行ったのであろうと想像した。

ところが青年官吏はなかなか戻って来なかった。いたずらに、税関長の頭の上にある大時計の針が進むばかりだった。正介は年が四十歳近くにもなっているから、たった二個の煙草で戸籍が赤字になるとは思わなかった。微罪釈放になるのは決ったようなものだが、青年官吏が戻って来なければカタがつかないのだ。逃げれば役所という所は別の法律でつかまえるから、逃げられはしない。かと言って、汽車が出てしまえばこんな寂しい山の中で、もう一晩野宿をしなければならないのだ。

税関長は正介よりも年上だから、一声、なんとか声でもかけて呉れてもよさそうなものに、知らん顔をきめこんで、こちらを見ようとさえしなかった。

五十分の汽車の停車時間が、あと三分で切れようとした時、一人の若い満人官吏が税関室に入って来た。そして直立不動の姿勢で立っている正介の側《そば》に来て、

「新聞記者、あなたですね」

と言った。

「そうです」

と正介が答えると、

「山岸さん、アヘンが忙しくて来られません。それで、あなた、もう帰って、よろしい」

と満人官吏が言った。

「ああ、そう」

と正介は言って、ワイシャツの袖をめくって腕時計をみると、

「大丈夫。まだ、乗れます」

と満人官吏が保証した。

正介は大急ぎで、机の上に散らばったガラクタものをかき集め、ボストン・バッグに詰め込もうとすると、満人官吏が七つの煙草の中の二つを横取りして、

「この二個、没収します。よろしいですね」

と正介の同意をもとめ、

「でも、これ、私がのむ、ちがいます」

と、涼しい眼で笑った。

正介は自分の足の捻挫も忘れて、もう一度貨物列車の車輌の下をくぐりぬけ、その向うで待っている汽車によじ登ると、一分もたたないうち汽車が動き出した。

朝鮮人の人いきれがむんむんする三等車の片隅にやっと一つの席を見つけた正介は、額から流れ出る汗をふきながら、今はもう何を考える力もなかった。しつこい別の税関官吏が二人づれで車内に入って来て、長い鉄の棒で網棚をつついて出て行くと、わめき罵るような朝鮮語が一時《いっとき》聞えたが、正介は破れ鐘のように鳴っている自分の心臓の鼓動が治まるのを待つだけであった。

二三十分してやっと心臓が平静に戻った時、正介はふと、自分がまだ満洲国紙幣を日本紙幣に両替していないのに気づいた。煙草の二個は没収されてしまえばからりと諦めがついたが、金《かね》がなくなっては旅はつづけられなかった。税関吏がそこをつけねらったのだとすれば、あまりに意地がわるすぎた。財布をとり出して、二枚の五円紙幣を揉みくちゃにしたり皺をのばしたりしていると、前の席で長煙管をくわえて煙草をすっていた朝鮮の農夫が、正介に声をかけた。紙幣のことに関して何か言ったらしかったが、言葉は通じなかった。

正介が紙幣を農夫の眼の前につき出して、物を買う時の動作をしてみせると、農夫は大きな手を強く振って、それが駄目なんだ、その紙幣はもうこの新聞紙の破片と同じだという動作をして見せた。

荷物がぎっしりの列車の通路を幾つもよぎって、正介は車掌室を訪ねた。そして車掌に真偽をただすと、

「ええ、国境をすぎたら、その金はもう通用しません。これがもし逆だと便利なんですがね。つまり朝鮮紙幣や日本紙幣は満洲でも通用しているんです。それにしてもどうされたんですか。図們で金の両替をする時間は、十分あったんですがなあ」

と図們から交替勤務についたらしい車掌が、ふしぎそうな顔をして言った。

「いや、実は煙草を二個持ちすぎていたのが元で、税関室にひっぱられて、さんざん油をしぼられていたんです。身から出た錆とは言え、あそこの税関は世界中で一等きびしい気がしますなあ。ぼくはこれから飲まず食わずで、東京まで帰らなければなりませんよ」

と正介がうったえると、

「わたしもあいにく持金が少いんですが、そうですなあ」

と車掌はポケットから財布を出して、中みをしらべていたが、

「少しですみませんけれど、五円だけお立替しましょう」

と朝鮮紙幣の五円札を出してくれた。思いも初《そ》めぬ厚意に感激して、正介が心をこめてお礼を言うと、

「それで残りのお金は、ご面倒でも京城に下車されて、中央銀行へ行って兌換して下さい。この東京行きのキップを見せれば、満洲からの旅行者であることが確認されますから、必ず兌換してくれます。ご都合が悪くて京城で下車出来なかったら、東京へお帰りになって日本銀行へ行かれて、旅行証明書か何でもかまいませんから、旅行の証拠になるものを見せれば兌換してくれる筈です」

と至れり尽せりの処置を教えてくれた。

地獄で仏にあったような気持で、正介は自席に戻ると、ボストン・バッグから煙草をとり出して、やたらにぷかぷか煙草をふかした。前にいる朝鮮じいさんも、よろこんでくれて、やたらにぷかぷか長煙管をふかした。

ひょいと気がつくと、正介の洋服のポケットから煙草が二個出てきた。実に妙な気がしたが、よく考えてみると、それは一昨々日ジャラトンの町で買ったものであった。ズボンのポケットをさがすと、吸いさしではあったが、また一個でて来た。図們の税関吏はボヤ助で、正介の身体検査をしなかったからであった。そのことに正介自身も、いま気がついた。煙草は二箱二十本没収されたが、かぞえてみると、ポケットから出たのは二十七本であったから、正介はなん

だか七本だけまる儲けしたような気がしてならなかった。

○

雨が小降りになって、西の空がかすかに明るくなった。

するとどうしたことであろう、公園のとある出入口から数羽の鶏が、ばたばた入ってきた。今日一日、お目にかかったこともない家禽類であった。

「へえ、奇妙なものが入ってきたぞ。鴨が葱を背負ってきたようなもんじゃないか」

と一人の老兵が言った。一昨日まで郵便局員をして為替の出し入れを担当していた男であった。

けれども誰も鶏をつかまえに出ようとするものはなかった。運動神経がにぶいというよりも、食欲の積極性がないからであった。すくなくとも正介にはそう思えた。

鶏はふだんなら人間の散歩する公園の道を、一列になって、一生懸命駈けた。老兵たちにもしその気さえあれば、今晩は酒の肴になってしまうであろう鶏たちは、わざわざ正介たちのいる四阿の前を通り過ぎた。一羽の雄鶏が先頭で、あと数羽の雌鶏が大きな尻をふって後につづいた。

「おい、おい、あの鶏には鶏冠《とさか》がないじゃないか」

と中耳炎の曾根がおどろいて叫んだ。

「名古屋コーチンだからだろう」

「無茶を言わんでくれ。わしの郷里は愛知県だが、名古屋コーチンにだって鶏冠はあるよ」

「そんなら、チャボというのかな」

「みんなはものを知らんなあ。満洲の鶏には概して鶏冠がないんだよ。あるのはあるが、冬の間霜にやられて落ちてしまうんだ。春になると少しずつ伸びるのは伸びるが、伸びきらないうちにまた冬がやってくるんだ。だから鶏冠の方でも横着になって、だんだん退化して行く傾向にあるんだよ」

と郵便局の為替の出し入れ係が言った。

当否は別として、正介は初めてみる鶏冠のない鶏であった。いや、そう説明されてみれば、冬の間、どこか北満あたりで見かけたことがあるような気もしたが、はっきりとは思い出せなかった。もっとも鶏冠はぜんぜんないのではなく、わずか十五ミリばかりのびた鶏冠が、黒焦げになったみたいに頭の先にくっついているのが異様であった。

コ、コ、コ、

コ、コ、コ、コ、

異様な鶏たちは公園のプロムナードを迂回して、幼稚園の子供が運動会でもしているような一途さで、ずっと向うへ遠ざかって行った。そうして鶏たちは公園のとある一隅の薄くらがりのような場所に姿をかくした。

「なあんだ。おい、あんな所に家があるじゃないか」

と老兵の一人が言った。

「公園の番人の家じゃないかな。番人が逃げて、餌もくれないので、どこかへ食物をあさりに行ってたんだろう」

と郵便局員が言った。

するとその時、家ともいえない小屋のどこからか煙が上りはじめた。煙の色はうす黒く、とぐろをまいたような恰好で、小屋の上の泥柳の樹蔭を這いまわった。

「おい、おい、無人じゃないよ。誰か人間がいるらしいぞ。のんきなもんだなあ」

と老兵の一人が言った。

のんきという表現が正介の胸をさした。一昨日、城内の食料品屋で悠長に臼をひいていた裸の小僧の姿が目にうかんだ。あわてているのは、日本人ばかりなのである。それにしても、今夜この公園で戦争がおきれば、あの小屋の住人はどうするつもりなのであろう。周囲の雰囲気から推して知らない筈はなかろうが、だとすると何か特別な身の処し方を心得ているのかも知れなかった。

そう思っている時、小屋の裏あたりに正介は人影を見つけた。男か女かは分らなかった。黒いズボンをはいた姿が、高く伸びた八つ手の木の繁みの間に、ちらりと見えた。見えたかと思うと、人影はすぐに姿を消した。一瞬、正介は今夜、ここが戦場と化したら、敵の戦車をさけて、あの八つ手の木蔭に身をかくしてやろう、という考えが脳裡をかすめた。あそこが公園中で、一番無難な場所のように思えた。

山田二等兵はなかなか帰って来なかった。しかし、時計を見ると、山田が出て行ってからまだ六七分とは経過していなかった。そんなに早く帰ってくる筈がなかった。

突然、小屋からでていた煙がぴたりとやんだ。炊事が終ったのではなく、何か考えがあって、バケツの水でもぶっかけたような停り方であった。

それを合図にするかのように、一たん落ちていた風がまたざわめき出し、今夜はものすごい豪雨になるのではないかというような気配が、再び四阿のめぐりをつつんだ。

〔1962年7月『大陸の細道』初刊〕

P+D BOOKS ラインアップ

（お断り）


本書は1977年に旺文社より発刊された文庫を底本としております。

あきらかに間違いと思われるものについては訂正いたしましたが、基本的には底本にしたがっております。また、一部の固有名詞や難読漢字には編集部で振り仮名を振っています。

本文中には女中、五畝百姓、部落、非国民、三助、木挽き、女事務員、満人、女給仕、苦力、朝鮮人、跛、浮浪者、百姓、大工、左官、女郎屋、土方人夫、小使、チンピラ、鬼の子、蛇の子、蛙の子、ムカデの子、ツンボ、オシ、人力車夫、車夫、阿媽、裏朝鮮、受付の女の子、バスガール、ロシヤ女、白系ロシヤ、淫売窟、淫売屋、やりて婆、アイノコ、乞食、馬丁、農夫などの言葉や人種・身分・職業・身体等に関する表現で、現在からみれば、不当、不適切と思われる箇所がありますが、著者に差別的意図のないこと、時代背景と作品価値とを鑑み、著者が故人でもあるため、原文のままにしております。

差別や侮蔑の助長、温存を意図するものでないことをご理解ください。

木山 捷平（きやま しょうへい）
1904年（明治37年）3月26日―1968年（昭和43年）8月23日、享年64。岡山県出身。1963年『大陸の細道』で第13回芸術選奨文部大臣賞を受賞。代表作に『抑制の日』『耳学問』など。

P+D BOOKS

ピー プラス ディー ブックス

P+Dとはペーパーバックとデジタルの略称です。
後世に受け継がれるべき名作でありながら、現在入手困難となっている作品を、
B6判ペーパーバック書籍と電子書籍で、同時かつ同価格にて発売・配信する、
小学館のまったく新しいスタイルのブックレーベルです。

大陸の細道

2021年1月19日　初版第1刷発行

著者　木山捷平
発行人　飯田昌宏
発行所　株式会社　小学館
〒101-8001
東京都千代田区一ツ橋2-3-1
電話　編集　03-3230-9355
販売　03-5281-3555
印刷所　大日本印刷株式会社
製本所　大日本印刷株式会社
装丁　おおうちおさむ（ナノナノグラフィックス）

ISBN978-4-09-352407-0

P+D BOOKS